SON COSAS DE LA SUERTE

SON COSAS DE LA SUERTE

J. F. BENÍTEZ

librerío

1a. edición, marzo 2022
ISBN: 9798439315666

FB @librerio.editores
librerio.editores@gmail.com

Proyecto: Irael González Burgueño

Agradecimiento

A los lectores de mis dos libros anteriores, quienes me dieron ánimos para seguir en este oficio de narrador de relatos.

Mi especial reconocimiento a la Lic. Maricela Gámez Elizondo, por su valiosa contribución y asesoría para elaborar esta novela, haciendo las correcciones pertinentes al texto.

PRÓLOGO

El nombre de Juanito era Juan Antonio Morales, pero era la clase de persona que toda su vida sería llamado "Juanito"... o Don Juanito cuando llegara a una edad mucho mayor. Nunca llegaría a ser llamado Don Juan.

Era un hombre taciturno, pero amable. No era dado a hacer amistades fácilmente, sin embargo, siempre estaba dispuesto a dispensar favores o apoyar el trabajo del grupo de mantenimiento al que pertenecíamos él y yo, junto a otros cuatro compañeros, aunque no tuviéramos actividades todo el grupo junto; según las asignaciones de trabajos de mantenimiento, reparación, o instalación de aparatos, éramos asignados en pares o tríos, y raras veces en un grupo de cuatro trabajadores.

En las ocasiones en que hacía equipo con Juanito, él permanecía siempre callado, como hablando consigo mismo. Respondía cortésmente, pero con parquedad, las preguntas de "¿Cómo te ha ido?", "¿Me podrías pasar la herramienta?" y otros temas intrascendentes que intercambiábamos para no pasar tan aburrido el tiempo de trabajo. Nunca mencionaba familia alguna, ni fiestas, ni cosas graciosas de hijos o sobrinos. Era una caja hermética, y no permitía a nadie invadir los espacios personales relacionados con su vida.

Debía andar alrededor de los cincuenta años, unos pocos menos que yo; estatura mediana y de tez morena aperlada, ojos cafés con una mirada que parecía siempre estar viendo hacia dentro; casi siempre permanecía con los ojos bajos. Debo decir que, hasta el día actual, mi propia naturaleza ha sido de reserva hacia mis asuntos personales, y al igual que Juanito, no soy muy dado a reuniones sociales o convivios en el trabajo, excepto si tengo obligación o compromiso. Quizá esa empatía o respeto mutuo entre dos hombres solitarios nos unía de cierta manera, por lo que poco a poco Juanito empezó a relatarme algunos episodios de su vida, como su estancia en la escuela a la que había ido en la primaria, o cómo había ingresado al trabajo en el Centro de Salud. Entre los dos se había establecido un lazo de más confianza en los relatos de nuestra vida personal.

Un día 9 de mayo, recuerdo bien que era viernes, después de un muy satisfactorio día de trabajo instalando un clima en una de las oficinas, le pregunté al salir de la jornada a las 5 de la tarde:

—Oye, Juanito, ¿qué te parece si me acompañas a cenar a algún lado? Tortas, o lo que tú quieras. Yo invito.
—Claro, Benítez—, contestó con una tímida sonrisa de agradecimiento por el gesto de amistad que yo le expresaba. —Y la próxima vez invito yo.

Nos fuimos a una fondita de comida mexicana, pequeña, pero con una gran calidad en los platillos que servían, lo que la hacía muy popular porque además estaba abierta las 24 horas, y los clientes podían permanecer todo el tiempo que desearan sin ser desalojados.

Yo pedí una torta de pierna y Juanito unas enchiladas, y sendas cervezas para acompañar los alimentos. La conversación se inició con temas casuales, el trabajo, el clima, los compañeros y compañeras de trabajo, los jefes, etc.

Conforme avanzaban las horas, los temas se hicieron más personales. Yo le conté partes de mi vida y él se había transformado en una persona menos callada, menos reservada y hasta conversadora, quizá animado por las cervezas. Su mirada era franca y ahora me veía de frente. Parecía estar a gusto, contento, de un buen ánimo que nunca le había visto antes. Como era 9 de mayo le pregunté:

—¿Y vas a ir a dar serenatas por el 10 de mayo?

Su actitud volvió a ser reservada, su mirada se había cargado de nuevo de tristeza y se quedó en silencio durante uno o dos minutos.

"Ya metí la pata" pensé.

—Discúlpame si cometí alguna indiscreción, Juanito. No quise molestarte.

—No tienes por qué disculparte, amigo. La pregunta era natural por tratarse de esta fecha. No es culpa tuya. Mira, yo no celebro el Día de las Madres desde hace muchísimos años. Esta fecha me hace recordar situaciones muy dolorosas desde mi niñez: mi relación con mi madre nunca fue buena, y eso lo traigo siempre como un cuchillo clavado en mi corazón y en mis recuerdos. Por eso me ves sin amistades, excepto la tuya. Mi niñez fue un libro negro de abandonos, desprecios, rupturas dolorosas con personas a las que les había tomado mucho aprecio y de las que me vi obligado a separarme.

—Juanito —le dije atribulado por mi indiscreción—. De nuevo te pido disculpas. Mira, yo no soy quién para darte consejos ni marcarte rumbos para seguir, pero te ofrezco mi amistad sincera, si de algo te sirve para disminuir un poco tus penas. Estoy a tu disposición.

Quizá el tono de mi voz y mi sinceridad hicieron impacto en su sentimiento, y me contestó:

—Benítez, aunque no hago muchas amistades, algunos de los compañeros cuentan de tu don especial para ayudar a los amigos. Te advierto que, desde hace muchísimos años, nunca he confiado en otras personas como para contarles mi vida, pero tú me inspiras esa confianza, y si tienes tiempo ahora y estás dispuesto a escucharme, te voy a relatar cómo ha sido mi vida; entenderás por qué te digo que el Día de las Madres es un recuerdo doloroso para mí.

—Claro, Juanito —Soy todo oídos. No voy a interrumpir, y ten la confianza de que lo que me cuentes quedará entre tú y yo.

La conversación fue extensa, pero se hizo ligera y animada, quizá por haber compartido ya no recuerdo cuántas cervezas más, que ayudaron a menguar las inhibiciones y reservas de Juanito.

El relato que escuché de aquel hombre atormentado, fue un desahogo sincero con palabras entrecortadas, a veces con silencios largos para tomar fuerza y continuar con su historia. Al transcribirla en estas páginas, vuelvo a sentir la misma desesperanza y dolor en el corazón de aquel amigo.

CAPÍTULO 1
MARINA

Corría el año de 1964; era una noche de verano de un calor implacable como las que todavía se acostumbraban en Monterrey en esa época. Eso no importaba para las gentes, quienes con la mayor confianza del mundo dejaban abiertas puertas y ventanas tratando de atraer sin mucho éxito un poco de aire fresco. Era el Monterrey de antaño y la delincuencia no era en esos tiempos la reina de la noche. Se podía pasear sin temor por las calles desiertas, en las que sólo se escuchaba a lo lejos el ladrar de los perros ahuyentando a una especie felina que atinaba a cruzarse o caminar arriba de una barda, interrumpiendo el sueño del canino.

No muy lejos de esta escena, al otro lado de una avenida por la que a cada tanto pasaba un auto de alquiler, se veía el anuncio luminoso de un cine de barrio: “ACAPULCO”, el cual se podía leer desde una buena distancia. Como en los cines de barrio de ese tiempo, en éste daban funciones de matinée con tres películas los sábados y domingos, y entre semanas el horario normal por las tardes, en el cual se exhibían dos películas. Sobra decir que el entretenimiento popular era pasar el tiempo en las salas de cine, pagando un solo boleto por las funciones completas.

La sala de cine estaba rodeada de pequeños negocios

característicos de los barrios, una botica, un tendajo como se les llamaba entonces a una tienda pequeña donde se vendían artículos variados, y otros pequeños locales llamados estanquillos, donde se podían comprar cigarros o bebidas. Pero todo esto desapareció, Benítez, o quedan muy pocos, dejando paso a las tiendas de conveniencia, copia de los negocios norteamericanos. Dime si no es para estar triste. En el mismo entorno, cerca unos de otros, había una cantina y un depósito de cerveza. Cruzando la cuadra, casi en la esquina, se encontraba el Departamento de Sanidad donde las mujeres de la vida galante cumplían su obligación de hacerse un chequeo semanal para prevenir enfermedades y contagios.

Éste era el eje central de la tan famosa Colonia Estrella, y en medio de este conglomerado, por extraño que parezca, había una casita muy pequeña flanqueada por el depósito a la derecha y la cantina a la izquierda. Lo extraño es que, a pesar del barullo provocado por los asistentes a estos dos sitios, la dueña de la casa durmiera el sueño de los justos durante la mañana. Se llamaba Marina y era una joven de tez morena, cutis perfecto, ojos grandes y negros, muy negros y expresivos, con esa chispa especial que le daba la juventud de sus 19 años. Tenía una figura delgada que la hacía parecer más alta de lo que era, con un rostro enmarcado por una hermosa cabellera lisa, color negro azabache, que le llegaba a la cintura.

Así era Marina. Hubiera sido una princesa en la época de los aztecas pues su belleza era única. Quizá no fue una princesa sino una reina en otra vida, pero en ésta, era la esposa de Antonio, 10 años mayor que ella; hombre sencillo y con aceptable preparación escolar, pero a quien el destino no le permitió completar una carrera profesional o comercial; él estaba encargado de un pequeño bar, y vivía bien con su esposa, sin lujos, pero con lo necesario para satisfacer necesidades básicas y a veces cumplir algún antojo. En pocas palabras, un matrimonio como cualquier otro en el mundo. Sólo que había un pequeño detalle que lo hacía diferente del resto de las parejas, o quizá semejante a muchos otros: Marina no era feliz; no se sentía libre. Era un ave sin un nido en el cual ella deseara posarse; quería vivir la vida al máximo. Antonio le ofrecía la seguridad de un hogar, pero no era suficiente para ella; quizá por su edad quería experimentar más y más emociones. De repente, pareció que la vida le marcaba el rumbo a seguir, y se embarazó, diluyendo así sus ilusiones y su afán de recorrer el mundo. Todo se derrumbó para ella al enterarse de su estado, pero no decayeron sus impulsos de continuar en ese ambiente de falsa alegría. Seguían sus noches de tomar, bailar, reír y a veces hasta fichar, porque a eso iba, a divertirse.

Sólo se detuvo cuando su prominente embarazo empezó a delatarla. Las fajas no ayudaban, y ya no asistía a los lugares concurridos. Pero su embarazo no era impedimento para que en la casa siguiera disfrutando de tomar una cerveza, o muchas según el estado de ánimo, y escuchar la música de éxitos del momento en un enorme radio de bulbos que servía de adorno en el pequeño buró; al fondo de la habitación, un pequeño aparato de televisión con su base de metal; no había cocina, sólo una mesa cuadrada de lámina con cuatro sillas de lámina también, en las cuales se leía la marca de un refresco muy famoso todavía en la actualidad.

Marina se sentía asfixiada en ese pequeño universo, una burbuja, un cuarto minúsculo de seis metros por cuatro; el único escape estaba al fondo de la habitación, representado por un patiecito suficiente para convivir con los vecinos, apoyada en las bardas que los dueños habían levantado a los lados del patio.

Pasaron cinco años... y aquí está Juan. ¿Cómo llegué? No lo sé; el único conocimiento que tengo de mi entorno es que el nombre de mi mamá es Marina y el de mi papá Antonio. Todo me parece enorme, de gran dimensión desde donde yo lo veo. Y pasa algo raro, que a mi corta edad no logro entender: mi mamá sale con mucha frecuencia y me deja solo por tiempos que no sé definir. La recuerdo muy poco a mi lado. Seguimos en esa casita, enorme a mis ojos; en mi cuadra no hay niños de mi edad; lo único que me acompaña es una pequeña mascota, un pollo muy bonito al que le puse Toño pues así me habían bautizado. Toño está siempre en el patio, y me ayuda a cuidarlo Don Carlos, el encargado del depósito a un lado de la casa. Don Carlos me tiene paciencia y me escucha cuando le cuento los pequeños logros de Toño, como que cuando le doy de comer, luego me empieza a seguir por todo el patio, que si ya está muy grande, que si es de color blanco.

Don Carlos se ríe con sonrisa bonachona y responde:
—¡Qué bueno, Juanito, que tu pollo está creciendo!

En seguida se acerca al mostrador donde exhibe las papas, bolsitas de cacahuates, semillitas, y otras golosinas; es un hombre corpulento, que a mí me parecía gigante, parecido al actor José Elías Moreno (hago la semejanza ahora; en ese entonces no sabía quién era el actor); su rostro moreno se llena de pequeñas gotas de sudor por el esfuerzo que hace para alcanzar el exhibidor; el hombre tiene una discapacidad, sólo tiene una pierna y se apoya en un bastón. Me dice que tiene una pierna falsa y para confirmarlo se golpea repetidamente la supuesta pierna faltante. Yo le digo con sincero asombro:
—¿A poco no te duele?
Y él con orgullo, se sonríe y me dice:
—No, Juanito, no me duele.

Toma del exhibidor una bolsa de papitas fritas y me lo da. Sentí una gran alegría, porque muy pocas personas me hacían regalos. Me acabé las frituras ahí mismo, después de darle las gracias. Regresé a la casa a esperar que llegara mi papá el que yo sabía que iba a tardar un buen rato todavía. Mi mamá dormía como siempre a esa hora del día y yo no podía hacer ningún ruido para no molestarla, porque siempre despertaba enojada.

La dejaba tranquila sin molestarla y me salía a la calle en la que no pasaban carros. Andaba libre a mi corta edad de cinco años. Caminaba hasta la esquina y cruzaba la calle para ir a platicar con una dama muy bella de nombre María Luisa, también discapacitada, sentada en una silla de ruedas porque no tenía piernas, y yo pasaba el tiempo platicando con ella. Ese era mi universo; un cuarto de seis por cuatro, y una calle de 100 metros. En retrospectiva, amigo Benítez, quiero creer que mi presencia inocente daba consuelo a estas personas tan necesitadas como yo de cariño y de compañía. En ese entonces no lo comprendía porque mi micro universo giraba también en torno a ellas.

Esa era casi siempre mi rutina durante el día, y en la noche esperar a que llegara mi papá, y pedirle un peso para comprar taquitos de harina en el cine a la vuelta de la casa. Como me conocían, no tenía ningún impedimento para entrar sin tener que pagar. Taquitos de frijoles con chorizo era mi cena diaria. Después, a encerrarme en la casa pues mi papá tenía que volver al trabajo en el bar. ¿Y mi madre? También salía en cualquier momento de la noche. A los cinco años, sin entender bien el mundo, yo permanecía solo en aquel cuarto durante toda la noche.

CAPITULO 2
SILVIA

Así pasaba el tiempo, con la misma rutina diaria, hasta que sucedió algo que le daría un giro inesperado a mi vida.

Todo empezó una tarde en que mi papá me llevó a visitar a mi madrina de bautizo, Silvia. Una dama muy bella, alta, de tez aperlada y de cabello largo y rizado, muy, muy negro. Estaba casada con mi padrino Samuel, hombre muy aficionado al béisbol, deporte que practicaba de manera amateur. El núcleo familiar lo completaba Socorro, la hija de ambos, una joven muy bonita, alta y delgada como su mamá, de rostro fino y piel blanca, de cabello rizado que le llegaba hasta la cintura, recogido en dos hermosas trenzas.

No obstante, mi corta edad, algo en Socorro me llamó poderosamente la atención. Coco, que era su nombre de cariño, no podía caminar bien; arrastraba los pies como si patinara en el piso; su cuerpo casi perfecto temblaba dramáticamente por el esfuerzo para desplazarse, pero lo que más me impresionó porque nunca había visto una situación como ésta, fueron sus manos, con sus dedos largos y engarfiados, temblorosos. La impresionante visión era completada por su enorme dificultad para expresarse, así como era admirable el gran esfuerzo que hacía para comunicarse.

Pero déjame decirte, Benítez, lo que realmente me impresionó cuando llegamos a casa de mi madrina Silvia.

Cuando llegamos a su casa, lo primero que veo al abrir la puerta principal, es la figura de un gran esqueleto con traje de novia. Desde mi estatura de niño yo lo veía inmenso; quedé paralizado al verlo tan majestuoso, pero no tuve miedo; no me asusté al ver aquel rostro descarnado, con las cuencas vacías. Fue un encuentro mágico más que tenebroso; sentí que el mundo se detenía y permanecí contemplando aquella imagen no sé cuánto tiempo, hasta que mi papá me tomó de la mano y nos fuimos a la cocina con mi madrina. Ellos hablaron de cosas que yo no comprendía. Todo era nuevo para mí, pero no tardaría mucho en asimilar conocimientos de este mundo.

Como adulto, no tengo recuerdos de cuánto tiempo estuvimos con mi madrina. Como niño, recuerdo que se me hizo eterna la hora que permanecimos allí, hasta que mi papá se despidió de ella con la promesa de que me llevaría de nuevo.

Regresamos a la casa en la cual estábamos solos mi padre y yo. De mi madre sólo teníamos la misma duda inacabable: ¿volverá de nuevo? Yo no entendía por qué se iba por varios días, y cuando regresaba mi papá la aceptaba feliz. Con el tiempo y la experiencia de la vida, entendí que él la quería demasiado con un amor fiel y sincero, con una devoción y un cariño que desgraciadamente ella no supo valorar.

Volvió mi madre a la casa y mi papá estaba feliz, pero yo empezaba a distanciarme de ella; empecé a llamarla Marina; sus prolongadas ausencias y el trabajo de mi papá que lo obligaba a estar fuera de casa y dejarme solo durante muchas horas, agudizaron mi sentimiento de soledad porque no sentía el amor de mis dos padres. Mira, Benítez, creo que eso me hizo crecer mentalmente y no era un niño de cinco años, sino de diez. Recuerdo que en esta ocasión Marina estuvo con nosotros más tiempo que las veces anteriores, pero en mi mente de niño tenía siempre el temor de que ella se iría en cualquier momento.

En ese tiempo, empezaron a abrir una zanja a lo largo de la calle, por el lado de nuestra casa, para introducir el drenaje. Este evento no tendría mayor relevancia si no fuera porque, por primera vez, vi a mi madre pelear a gritos con otra mujer que vivía enfrente de nuestra casa. El motivo de la gran pelea fue que la mujer cruzó la calle y vació un bote de basura en la zanja pensando que nadie la vería, pero mi madre estaba en la ventana y salió de inmediato a reclamarle.

—Oiga, vieja infeliz ¿Qué se ha creído? Venga a sacar la basura de la zanja.

—Infeliz lo será usted —contestó la mujer—, la calle es de todos y yo hago lo que me da la gana.

Ay, Benítez. Te cuento que la zanja que las separaba no fue impedimento para que se siguieran insultando con todas las malas palabras del diccionario. Empezaba a oscurecer y ni por eso dejaban de hacerse recordatorios familiares a gritos cada vez más fuertes.

De repente, veo volar un proyectil de color ámbar y darle de lleno a mi madre en la parte baja de la rodilla, llenándose de sangre. Lo último que recuerdo de este incidente es que mi madre se fue en un auto de alquiler a la Cruz Verde.

Pasaron las horas y yo estaba asustado sin saber de mis padres, hasta que escuché a mi padre, quien con voz cariñosa decía

—Ya, Mary. Tranquila, ya pasó todo, querida.

Y mi madre, furiosa, le decía:

— ¡Vieja méndiga! ¡Pero me las va a pagar! ¡Esto no se queda así... me las va a pagar!

Nunca supe si mi madre cumplió su amenaza, pues otro suceso inesperado pero previsible empañaría la tranquilidad de este golpeado hogar. Resulta que pusieron unas tablas a manera de puente provisional, sobre la zanja donde habían colocado los tubos de cemento para el drenaje, pero todavía no los recubrían. Como yo no tenía con quien jugar, me divertía pasando por el puente improvisado, imaginando historias entre un brinco y otro, gritando al cielo como si hubiera triunfado en alguna misión peligrosa. Perdí pisada y el tablón se movió haciéndome caer de boca sobre un montón de vidrios que me cortaron la piel en la parte baja de la barbilla. Por suerte, mi madre estaba en la casa y ahí vamos de nuevo a la Cruz Verde.

No me lo vas a creer, Benítez, pero todavía recuerdo bien las palabras del doctor, quien le dijo a mi madre:

—Señora, su niño corrió con suerte; un poco más abajo que se le hubieran enterrado los vidrios, y no lo cuenta.

Este accidente hizo a mi papá tomar conciencia de que no podía tener confianza en Marina para mantenerme a salvo de percances, ya fuera por sus ausencias, o por su indiferencia de estar pendiente del bienestar de un niño pequeño, a quien cuidaban los vecinos que me recibían con gusto y me daban algo de comer. No existían los centros de atención a los niños como ahora. Como te digo, mi papá decidió que mi casa no era segura para mí sin la supervisión de una persona adulta. Entonces me llevó nuevamente con Silvia, mi madrina, para vivir con ella. Ahí empezó mi calvario, Benítez, no a causa de Silvia, quien me recibió muy bien y cuidaba de mí, sino porque Marina, trasnochada y fuera de razón por la bebida, se presentaba a deshoras para verme, y exigía a gritos a mi madrina:

—¡Es mi hijo, comadre! ¡Tengo que verlo!

En medio de la noche, cansado y con sueño tenía que ver aquel espectáculo de mi madre llorando, pidiéndome perdón. ¿Perdón de qué? Yo no entendía nada. Y mi madre a grito de corazón abierto, lanzando aquella promesa que muchas veces escuché durante mi niñez:

—¡Ya no te voy a dejar, mijo! ¡Ya nunca te voy a dejar!

Pasó un tiempo que ni entonces ni ahora puedo dimensionar, pueden ser dos o tres meses en los que viví muy contento y me sentía querido. Pero conservo muy claro el recuerdo de que una mañana volvió de nuevo mi mamá con los reclamos, pero ya no para verme, sino para llevarme con ella.

—¡Comadre, necesito llevarme a mi hijito! ¡Al rato se lo traigo!

Mi madrina repetía sin éxito de ser escuchada

—Comadre, pero el compadre me dejó a cargo del niño. No se lo puedo soltar, así como así, aunque usted sea la madre. Yo tengo una responsabilidad y un compromiso que cumplir.

Y mi madre insistía:

—Comadre, Antonio está de acuerdo; quedamos de vernos en el Juzgado de menores.

Con resignación, mi madrina tuvo que dejarme ir. Yo no sabía qué sentimiento me invadía, especialmente tristeza porque iba a salir de la casa en donde quería estar, con Silvia. No quería estar con mi mamá.

De inmediato, en cuanto puse un pie fuera de la casa, llegó un auto que se estacionó a un lado; el conductor era un hombre moreno, delgado y con bigote. Abrió la puerta trasera para que pasáramos mi mamá y yo. Una vez acomodados en el asiento, el señor dice con mucha familiaridad:

—Bien, Mary, ¿a dónde los llevo?

Con la misma confianza contesta ella:

—Al Juzgado segundo de menores, Beto.

Esto fue lo único que entendí de toda la conversación en la que se enfrascaron luego, mientras el auto recorría muchas calles desconocidas. En un momento dado interrumpen su plática y Marina voltea a verme para decir:

—Mira, mijito. Ahorita que lleguemos al lugar a donde vamos, va a estar una señorita haciéndote preguntas, y tú le vas a decir que quieres estar con mami. ¿Está bien? Y si te pregunta por tu papi, le dices que no sabes. Vas a ver lo felices que vamos a ser los dos. Ya no te voy a dejar, repitió como si fuera un mantra. ¿Estás de acuerdo?

Sin entender nada de lo que estaba sucediendo, solamente atiné a afirmar con la cabeza sin decir palabra. Yo pensaba en que quería estar con mi madrina Silvia.

Tal como lo había dicho Marina, una mujer estaba en el centro de un estrado, y con voz firme y serena me preguntó:

—A ver, niño, ¿quieres estar con tu mamá o con tu papá? Él no está ahorita.

Eso me sonó a juego infantil "¿Con quién te vas, con melón o con sandía?". En mi mente de niño, sentí que mi suerte estaba echada, y fue el último pensamiento que tuve pues caí en un sopor profundo; me sentí caer sin luchar en un pozo sin fondo.

CAPÍTULO 3
DOÑA JUANA

Lo que te cuento ahora amigo, es lo que yo considero el final de mi infancia y el principio de un crecimiento forzado. Tuve la necesidad de abrir mi mente al mundo exterior para poder sobrevivir.

Al despertar del episodio en el Juzgado de menores, veo desconcertado que no está mi mamá. Otra vez la duda ¿en dónde estará? ¿Volverá por mí? No puedo identificar el lugar en el que me encuentro, no lo reconozco. Me doy cuenta de que empieza a amanecer, pues se oye muy cerca el canto de un gallo. Todo está en penumbras todavía, pero poco a poco mis ojos empiezan a acostumbrarse a la semioscuridad, y veo con asombro que no estoy solo; mi cama es una cobija tirada en el piso; logro ver a mi lado varios cuerpos de niños dormidos. Me invade un miedo terrible y me envuelvo en la cobija como si fuera escudo protector contra lo desconocido.

Pasan unos cuantos minutos que a mí se me hacen horas, hasta que escucho el llanto de un bebé. Ya es de día y ahora sí logro identificar con claridad a niños y niñas, algunos más o menos de mi edad, y otros más grandes. Siguen dormidos. Puedo ahora darme cuenta del lugar: una casa muy grande, de una sola pieza, con paredes de madera y un techo muy alto.

En ese momento se abre una puerta dando paso a una señora de edad avanzada gritando a todo pulmón:

—¡Arriba, mis niños, que ya amaneció! ¡Vamos! ¡A levantarse!—, palmeando con fuerza las manos.

El llanto del bebé se vuelve más intenso, y luego se escucha otro llanto diferente, con más potencia. Yo permanezco en silencio, aturdido, desconcertado; sólo pensaba en mi mamá. La buena señora parece adivinarme el pensamiento y se acerca a mí; con voz queda y suave, en un Tono diferente a los gritos de hace unos momentos, me dice:

—Juanito, no tengas miedo. Tu mamá no está; yo te cuidaré hasta que ella venga por ti.

No me salen palabras, no me salen lágrimas. Mudo por la impresión y descorazonado por no ver a mi mamá a mi lado, sólo muevo la cabeza asintiendo, resignado. ¿Qué más puedo hacer? No sé en dónde estoy, no sé quién es esa señora ni cómo he llegado a este lugar. Muchos años después supe que la casa estaba en Cadereyta. Imagínate, Benítez, otra vez Marina me ha dejado con desconocidos y se ha ido. A empezar de cero de nuevo. Te sigo contando.

Nos dan una tacita de café y un pan. Creo que los demás niños ya están acostumbrados; parecen contentos con el pobre desayuno que nos ofrecen. Yo me pregunto ¿y sus mamás dónde estarán? Permanezco en aquel cuarto rodeado por los otros niños que casi no hacían ruido. Algunos platicaban y otros jugaban con algún objeto. Ninguno parecía asustado o fuera de lugar en ese sitio. Yo sigo en silencio tratando de asimilar lo que veo.

Mucho rato después, escucho a la buena señora, de quien luego supe que se llamaba Doña Juana, comentar con un hombre que estaba a su lado:

—Oye, viejo, la Lucha no ha venido a ver a su niño. ¿Estará trabajando todavía en la zona, o ya nos dejó a este pobre angelito?

¡La zona! ¿Qué será eso? Me suena como un lugar de terror o de castigo, y me entra el pánico de pensar que quizá mi mamá está en ese mismo lugar, con las otras madres de los niños.

Eran quince o veinte quizá, ahorita ya no me acuerdo, Benítez. Quiero pensar que esa casa era una guardería, pero sin contar con los medios adecuados para cuidar a los niños. Este matrimonio se hacía cargo de los pequeños a cambio de una cuota semanal que pagaban las mamás; éstas iban los domingos por sus hijos, una de ellas tenía cuatro. Después de pagarle a la dueña de la casa, las mamás preguntaban siempre por la conducta de sus nenes. Doña Juana daba buenos reportes de aquellos pequeños a su cuidado.

—Bien, señora X... sus niños son muy bien portados.

En todo el tiempo que estuve en esa casa, yo era el único que nunca salía los domingos ni veía a mi mamá. El señor del carro era quien se presentaba con doña Juana, platicaban un rato, él le pagaba de manera puntual semanalmente. Me echaba luego una mirada indiferente y decía:

—Doña Juana, aquí está el pago de Marina; manda preguntar si Juanito se ha portado bien.

La respuesta de la señora siempre era la misma cuando le preguntaban por la conducta de los niños:

—Dígale usted a Marina que Juanito es un niño muy bien portado, no da lata, siempre está calladito sin molestar a nadie.

Todas las semanas era la misma ceremonia, como ritual fatídico: el señor pregunta por mi conducta, doña Juana responde siempre lo mismo, el señor le entrega el pago, luego me mira indiferente sin dirigirme la palabra, se da media vuelta y se va. Esta escena, que se repetía todas las semanas, duró muchos meses, no podría decir cuántos; me fui acostumbrando a estar en ese caserón de madera que tenía un patio enorme con gallinas, gallos, palomas, perros y otros animales a los que llegué a tomar cariño. A mi modo, al modo del niño que era, era feliz.

El sábado era un día especial que todos esperábamos con mucha ansiedad. Doña Juana pone un televisor en un costado de la casa de madera y nos sentamos en medio círculo en el piso; la señora nos da un plato de frijoles y un bolillo, y cuando ya está todo en orden, nos dice:

—A ver, niños, son 10 centavos por ver la tele; si alguien no los tiene, no se apure, se los apunto a su mamá.

Dicho lo cual, en seguida sacaba una libreta pequeña y empezaba a anotar a los que en ese momento no tenían la cuota por ver la tele. Al encenderse la pantalla, su luz era como una varita mágica o una nave espacial que nos transportaba a otro mundo, el del canal que veíamos. Todos gritábamos felices pues aparecía el programa de nuestro héroe favorito, "SUPERMÁN, el hombre de acero” confirmaba una voz en la tele de blanco y negro. Cuando entraba en escena el héroe, el griterío era tan inmenso que aturdía y nos sacaba por un rato de nuestra realidad.

En un momento de emoción, moví mis piernas con entusiasmo y ¡cuás!, que derramo mi apetitoso plato de frijoles. El incidente pareció disminuir el entusiasmo por el héroe de la capa y trasladarse a mi desgracia, pues los otros niños empezaron a gritar mientras se reían:
—¡Doña Juana, doña Juana! ¡Juanito tiró su comida!— mientras seguían riéndose.

Yo empecé a llorar por la burla y por haber tirado sin querer mi alimento. Pero más tardó la señora en escuchar su nombre a gritos que en apersonarse. No me regañó, lo cual fue un alivio, pero con Tono severo me dijo:
—¡Muchachito éste! ¡Ahora te quedas sin comer! No vuelvas a jugar así. ¿O te quieres quedar sin comer de nuevo?

Me sequé el llanto con la mano y dije para mis adentros: “No me importa. Yo soy el Hombre de acero, y con este pan tengo suficiente”. Y seguí viendo feliz el programa. A esa edad yo veía todo con los ojos de la magia. La ausencia de Marina se iba haciendo menos dolorosa e inquietante. Hasta me había resignado pensando que el único contacto con ella eran aquellas visitas semanales del señor del carro.

Paulatinamente, con la inconsciencia de un niño pequeño al que el mundo le quedaba demasiado grande, hice de aquel sitio mi hogar. Los domingos me quedaba solo, pues los demás niños se iban con sus mamás; le hacía compañía entonces a don Eme, el esposo de doña Juana quien con gusto me dedicaba tiempo platicando sobre muchas cosas. El patio de la casa era muy grande, o así lo veía yo; la cerca era un muy tupido sembradío de nopales con pequeñas tunas, el cual protegía tres lados del terreno.

Don Eme tenía unos gallos muy bonitos y los cuidaba mucho; me decía que eran "de pelea". Los cargaba en brazos y les ponía unos guantecitos muy pequeños en las patas para que no se lastimaran con el espolón. Luego de esta tarea que realizaba con cariño y paciencia hacia los animalitos, en la siguiente tarea, sacaba un mazo de barajas españolas las cuales limpiaba con la misma paciente actitud con que cuidaba a los gallos; el último paso de esta rutina era sacar una pistola y limpiarla, aceitarla con mucho cuidado. Mis ojos de niño se asombraban siempre siendo testigos de este extraordinario ritual de los domingos. Recuerdo haberle preguntado una vez:

—¿Qué está haciendo, don Eme?

—Estoy limpiando esta pistola, Juanito.

¿Pistola? Dije en silencio. ¿Qué será eso? ¿Para qué sirve? La respuesta la tendría muy pronto. Con voz ronca y grave, don Eme me dice:

—Hazte pa 'ya, que voy a tronar una pistola.

Y uniendo la palabra al acto, alza el brazo y ¡pum! ¡pum! ¡pum!

Me quedé a un lado, como me había ordenado, tapándome los oídos; estaba paralizado por el miedo después de oír la tronadera, uno, dos, tres. Al bajar el brazo me dice con Tono resuelto:

—¿Quieres probar, Juanito?

Estaba aún más petrificado con la pregunta. No podía decir nada, no me salían las palabras. En eso escucho una sonora carcajada y luego las palabras de don Eme

—No te creas, niño —decía sin dejar de reír—, estoy jugando contigo. ¡Cómo crees que te vaya a prestar la pistola! Las armas las carga el diablo —echando mano del refrán tan conocido y que yo desconocía entonces— ¡No se te olvide!

—¿Quién es el diablo, don Eme?—, pregunté con ingenua curiosidad.

El buen señor vaciló sin encontrar una respuesta apropiada a mis seis años, sólo acertó a decir:

—Este...nadie. Nunca se te ocurra cargar esta madre. ¿Me lo prometes?

—Sí, don Eme —dije resuelto y me fui a jugar a las canicas.

Como todos los domingos, nos quedábamos solos don Eme, doña Juana y yo. Eran días agradables, tranquilos para los tres sin tener que compartir con nadie.

CAPITULO 4
MONCLOVA

Mira, Benítez, para un niño de esa edad el tiempo como tal no existe, no lo sabe medir ni tiene conciencia de cuántos días han pasado ni nada. Un día amanece y oscurece, y al día siguiente es lo mismo. Empiezas a acostumbrarte a lo que transcurre y lo aceptas. Aquellas personas con las que compartía la casa y la comida, el patio, los animales, etc., habían llegado a ser mi familia, los demás niños mis hermanos, y los dos señores bondadosos podrían haber sido mis abuelos. Estaba a gusto, contento, tranquilo.

No sé cuánto tiempo pasó, pero creo que fueron tres o cuatro meses, y un día de mal presagio se apareció mi mamá. Ya ni me acordaba de ella. Escuché que le decía a doña Juana

—Aquí está el pago para cubrir la semana. Me llevo a mi hijo.

Sentí como si una mano me abriera el pecho y me estrujara el corazón. Esta vez sí estaba consciente de lo que significaba este nuevo desprendimiento de personas y lugares con las que empezaba a encariñarme; saber que no los volvería a ver me llenaba de una gran tristeza y desconsuelo. Me sentía ya querido por aquellas buenas personas que, si al principio me trataban como mercancía, fueron luego tomándome cariño. Vi que una lágrima empezó a correr por la mejilla de Doña Juana y sentí la misma tristeza porque íbamos a separarnos. No quería que me viera llorar.

Marina me apuraba y no pude despedirme de don Eme ni de mis nuevos hermanos de casa. Me fui como llegué, pero ahora la diferencia es que no me quería ir. Resignado, subí al auto del señor, el mismo que veía cada semana. Sólo pensaba cuál sería mi destino ahora. Pobre de mí.

En el auto, Beto, el chofer, le pregunta a Marina a dónde quiere ir y ella responde:

—Llévanos a Monclova, Coahuila, Beto. Te pago el viaje. ¿Aceptas?

—Sí, Mary. Los llevo - contestó gustoso.

El viaje duró todo el día. Habían ido a recogerme temprano en la mañana y yo no había desayunado nada. Llegamos al atardecer a Monclova a una casa que estaba a un lado de la carretera. No había más casas en la cercanía; las que se alcanzaban a divisar estaban muy apartadas unas de otras. Y ahí me vi de nuevo, en un cuarto muy grande con un solo foco, para no variar, sin cama en la cual descansar, el clima muy seco y no corría ni un mendigo pedazo de aire en aquella casa sin ventanas.

Marina estaba feliz.

—Mira, mijo —decía—, aquí vamos a estar muy bien, vas a ver, ya no te voy a dejar. Vas a estar conmigo siempre.

De nuevo el mantra "ya no te voy a dejar". No dije nada; mi desconcierto era abrumador, otra vez lo desconocido, el miedo metiéndose en mis huesos. Me quedé observando por unos minutos la chocante alegría de mi mamá, y luego veo que llega un señor que la abraza y la besa. Ella acepta gustosa el contacto físico de aquel hombre, y voltea a verme sin soltarse el abrazo:

—Mira, mijo. Él es Carlos, mi novio. ¿No te importa verdad?

Sin lograr articular palabra, me quedo viendo al desconocido con curiosidad; alto, moreno, de bigote y pelo liso, quien me dice amablemente mirándome a los ojos:

—¡Hola, campeón! Yo soy Carlos. ¿Cómo te llamas?

—Juan Antonio —contestó casi sin voz, aún sin reponerme de la impresión de ver que abraza y besa a mi mamá. ¿Por qué lo hace? Me pregunto.

—Volvemos a lo mismo, Benítez —me dijo para involucrarme en el relato —A esa edad no hay tiempo. Tenía 6 años y lo sabía porque me lo decían. Pero igual que antes, no recuerdo cuánto tiempo estuvimos en Monclova, en aquella casa incomodísima. Pero recuerdo muy bien del calorón en el día y cómo por las noches refrescaba un poco.

A veces, se escuchaba a lo lejos el sonido de una bocina anunciando que en un rato más, se proyectaría alguna película en la carpa ambulante que hacía temporada en este triste y polvoriento pueblo. Fíjate que muchos años después me tocó ver una película en la que un papá y su hijo hacían estas jornadas trashumantes llevando cine a los pueblos apartados, y me acordé de ese tiempo en

Monclova.

Ya casi empezaba a acostumbrarme, resignado a seguir en ese pueblo. No recuerdo nada de lo que hacían Marina y su novio Carlos, pero ella seguía dejándome solo en la casa. De mi papá no había vuelto a saber nada; creo que el Juzgado le había dado la custodia o patria potestad a mi mamá dejándolo a él fuera de mi existencia. A veces regresaba a mi mente un recuerdo muy lejano, borroso. Y mira cómo es la vida Benítez. Déjame te platico.

En una de esas tardes en que me refrescaba en un pequeño baño de lámina en el patio de la casa, oigo una voz conocida, como si saliera de mis recuerdos. Era mi papá que discutía con Carlos el novio de mi mamá. Ella se interpone entre los dos y veo que Carlos esconde un picahielos atrás de su espalda; mi padre no lo notó pues seguía distraído alegando con mi mamá.

—¡Tú no te metas! —le grita mi papá a Carlos—. ¡Vengo por mi hijo! ¡Quédate con ella, no me interesa!

—El niño no se va —contesta Carlos—, está con su mamá y hazle como quieras.

Mi madre empuja a Carlos hacia un lado y enfrenta a mi papá:

—¡Toño! ¡Déjanos en paz!

Mi papá recobró la serenidad repentinamente y contestó

—Eso lo veremos.

Salió de la casa y subió a un auto que lo estaba esperando. Nunca supe cómo nos había encontrado; nunca se lo pregunté porque lo borré de la memoria. Lo único que recuerdo es que no duré muchos días más con mi mamá. Una noche en que para no variar yo estaba solo en la casa porque ellos habían salido, llegó mi papá, pero ahora no venía solo. Se había hecho acompañar de unos agentes de la policía judicial y me hizo subir al auto en que venían.

Mientras el carro avanzaba, ellos platicaban en forma amena sobre el suceso anterior, y uno de ellos le decía a mi papá:

—¡Qué bueno que no estaba el tipo, Toño! Yo me quería tronar al cabrón.

—Gracias, Luis. Pero el objetivo principal era rescatar a mi muchachito y eso se ha logrado sin necesidad de llegar a la violencia. Mi hijo está de nuevo conmigo. Fue lo último que escuché, aunque ellos siguieron hablando, pero el movimiento del auto y la música del radio me arrullaron y me dormí profundamente hasta llegar a Monterrey.

CAPÍTULO 5
COCO

Tuve un gratísimo despertar, Benítez. Mi papá me había llevado de nuevo a casa de mi madrina Silvia, quien me recibió con llanto, abrazos y besos que me hicieron muy feliz al verla. Me sentí de nuevo tranquilo y contento de estar en un ambiente amigable. Mi madrina hablaba en Tono enfadado reclamándole a mi padre; yo no entendía bien lo que decía.

—¡Compadre! ¡Ya ni la chinga mi comadre Marina, caray! Mire cómo trae a mi ahijado - dijo alzando mi rostro hacia ella y señalando una quemadura en el cuello, posiblemente por estar al sol demasiado tiempo. Siguió casi sin tomar respiro—. ¡Mire nomás lo que le hizo!

Mi padre se quedó callado después de ver mi cuello lastimado y sólo movía la cabeza de lado a lado, apesadumbrado. Mi madrina todavía seguía reclamando el descuido de Marina.

—Compadre... acuérdese cómo rescatamos a este angelito la primera vez que su mamá lo abandonó; no merece que le diga comadre.

—Lo sé —fueron las únicas palabras de mi papá, dichas en voz baja y con una tristeza evidente al recordar aquel episodio—. Se lo agradezco mucho, comadre. Si no ha sido por usted que rompió el candado para rescatar a Juanito no lo estaríamos contando. Me acuerdo que la criatura estaba toda sucia, sin comer...

Se quedó callado y yo volví mi cara hacia él; una lágrima había interrumpido su plática y rodaba por su mejilla. Yo los escuchaba sin entender nada. ¿Por qué lloraba mi papá? ¿De quién hablaban?

Mi madrina me recibió de nuevo con mucho cariño y se hizo cargo de mí, de que siempre estuviera limpio, cómodo, bien alimentado. Mi papá se había ido dejándome solo. Pero como dicen, a falta de madre, madrina. Sólo que yo notaba que Sylvia ya no me trataba igual. Yo iba creciendo y su actitud había cambiado. Me gritaba más, me regañaba más seguido, pero me cuidaba. Hasta me inscribió en una escuela primaria cerca de su casa, en la colonia Estrella en donde yo había nacido. Me decía:

—Ahijado, ya tienes 6 años y es tiempo de empezar a estudiar para ser un hombre de bien.

—Sí, madrina, lo que usted diga—, contesté con todo respeto.

Aquí tengo que hacer un paréntesis para hablarte de Coco, la hija de mi madrina y a quien ya te había mencionado por su discapacidad. En ese tiempo yo no sabía qué enfermedad padecía, pero muchos años después le escribí al Dr. Julián Pezina las características de su condición, y él me dijo que posiblemente la enfermedad la niña era Esclerosis Lateral Amiotrofia (ELA por sus iniciales) posiblemente de origen genético, lo cual sucedía en uno de cada diez casos. En la mayoría del resto, todavía se desconocían las causas.

—Te sigo contando, Benítez. Mi madrina y Coco me llevaron el primer día a la escuela; había una gran cantidad de niños llorando, aferrados a las faldas de su mamá para que no los dejaran solos. Mi madrina me dijo

—Ándele, Juanito, métase a su salón de clase.

—Sí, madrina—, dije en Tono obediente y me apresuré a entrar a la escuela. Una señorita nos llevó al salón de clases correspondiente al primer grado y nos dijo:

—Niños, pórtense bien; ahorita viene su maestra.

Todo era nuevo para mí, y sentado quieto en mi pupitre veía todo a mi alrededor con verdadero asombro y curiosidad de aprender. De repente, entra al salón una señora de edad muy avanzada, imprecisa. Menudita y de piel muy pálida, usaba lentes y tenía el pelo ya blanco recogido en un chongo sobre la coronilla de la cabeza

—Buenos días, niños. Soy la Maestra Chonita.

Todos en el grupo nos quedamos callados, algunos quizá asustados de ver a una maestra tan viejita según nuestro punto de vista, y la cual resultó una magnífica maestra, con infinita paciencia para tratarnos y enseñarnos los ejercicios de caligrafía para "soltar la muñeca" según decía ella, y tener bonita letra. Una enseñanza que resultó muy provechosa al paso del tiempo para escribir con letra clara y legible. Recuerdo a mi maestra Chinita con mucho cariño, y es uno de los recuerdos más gratos que conservo de mi niñez.

Sonó el timbre de la hora del recreo, y el patio se llenó de niños corriendo por todos lados como si hubieran tenido ansia de verse libres de las paredes de las aulas. Era un patio muy grande, pero estaba dividido por una ancha línea blanca en el centro: un lado de la línea era para las niñas y el otro lado era para los niños, quizá para evitar encuentros que pudieran resultar en accidentes entre hombres, que son más fuertes, con las niñas de cuerpos más delgados. No era cuestión de discriminación, sino de sentido común al tratarse de físicos diferentes. Cosas de la naturaleza.

Se dio la hora de salida y en la puerta de la escuela veo a Coco esperándome para acompañarme a la casa. Su discapacidad tan visible la hacía blanco de las miradas indiscretas de las personas, pero a ella no parecía importarle; supongo que ya estaba acostumbrada a esta situación. Al día siguiente, esperando a ver a Coco e ir a la casa, empecé a conocer el acoso y las burlas crueles de otros niños. Empezaron a gritarme "¡Hey, Juan! ¿Y tu hermana la cojita no va a venir por ti?" Yo sólo agachaba la cabeza, desconcertado. Caminábamos un trecho que se me hacía larguísimo desde la escuela a la casa de mi madrina Silvia. Años después, recorriendo aquellas calles de mi niñez, me di cuenta de que sólo eran dos cuadras de distancia.

Otro de mis recuerdos más queridos son mis primeras libretas, chiquitas, de doble raya, con tapa roja; otros compañeros llevaban unas libretas más grandes que decían Colonial, escrito con letras grandes. Solamente un niño llevaba unas libretas muy bonitas de papel muy fino, con una portada blanca en la cual se leía SCRIBE. Los demás compañeros pensaban que él era un niño rico al que le podían comprar libretas de esa marca.

El tiempo transcurría en forma tranquila y yo era feliz

con esa vida, aunque, como te dije antes, la actitud de mi madrina había cambiado de suave a muy estricta; de tanto en tanto me hablaba en forma dura e irritada pero no hiriente. Lo que más me dolía era que me regañara delante de sus demás ahijadas quienes se burlaban de mí "pero mi madrina no te quiere porque eres un arrimado". Yo sólo podía quedarme callado, pues si me defendía de las burlas de aquellas burras me iba peor porque mi madrina me mandaba a dormir sin cenar.

Pero tengo que decir que nunca faltó comida en mi plato ni sufrí maltrato. Mi ropa estaba siempre limpia y me llevaban a la escuela. Fue una etapa muy bonita, y hasta recibí un regalo de Santa en Navidad: una bici de cuatro ruedas, la cual provocaba la envidia de los demás niños que decían que yo era el rico de la colonia. Estaban equivocados. Yo no me consideraba rico, sólo afortunado. Mi papá vino a verme en esas fechas, y con mucha alegría le dije:

—¡Papá, papá! Santa me trajo una bici. Mi madrina me ayudó a escribir la cartita.

Mi papá se sonrió y me dijo

—¡Qué bueno, Juanito! Te la regaló porque te portaste bien. Sigue así y no dejes de estudiar.

—No, papá. Seguiré estudiando —le contesté orgulloso de mí.

Fíjate, Benítez, han pasado ya muchísimos años. Ya siendo adulto me di cuenta de que no hubo Santa para regalarme la bicicleta, sino mi papá. Pero en el fondo de mi corazón y de mi mente está encapsulado ese recuerdo que a mis seis años era una realidad maravillosa. Perdona... no quiero parecer débil o poco hombre. Es que ese es uno de los pocos recuerdos que me ayudan a soportar la vida.

Bueno, déjame volver con la historia.

La dureza del trato de mi madrina se iba agudizando; ya no era la persona que me trataba bondadosamente y con cariño por ser un niño pequeño, ahora me exigía en una forma tan severa que me desconcertaba. Una tarde que no quería estudiar, me sacó a la calle en pleno invierno y me dijo mostrándome un dedo índice amenazador apoyando sus palabras:

—Usted no entra a la casa hasta que se aprenda la lección. ¿Me oyó?—, y de dos empujones me puso en la banqueta, con un frío que calaba hasta los huesos y yo no tenía ninguna chaqueta, sólo mi camisa de mangas cortas.

Pero fíjate lo que son las cosas, Benítez. Este incidente, en lugar de perjudicarme me ayudó; despertó en mí un amor por los libros y las letras con tal fuerza que no me ha abandonado hasta la fecha. Aunque tú me veas callado y alejado de cualquier relación social, uno de mis mayores apoyos emocionales es leer libros de todos los temas, en cualquier rato que tengo oportunidad de hacerlo. Leo cualquier texto que cae en mis manos. Pero no es cosa de andar presumiendo de culto, ¿verdad?

Esa fue una dura lección de mi madrina, bendita ella por esta enseñanza. Me forjó como persona, me dio fortaleza mental; desde ese día era más feliz haciendo mis tareas, leía y estudiaba las lecciones adelantando capítulos del libro. Mi madrina cambió conmigo por completo y volvió a dedicarme el buen trato de antes. ¡Ya me quiere, ya me quiere!, pensaba con alegría. Hasta me dejaba jugar con su hermosa perra de raza pastor alemán que era su más preciado tesoro. Se llamaba Laika, como la perrita cosmonauta rusa; me dejaba sacarla a pasear y el animalito me seguía a todas partes.

Todo era paz, tranquilidad y felicidad para mí; me sentía bien en esa casa, a gusto en la escuela donde todo iba perfecto, y hasta ignoraba las burlas de mis compañeros cuando me veían acompañado de Coco la cojita, como le decían ellos, mi hermana de crianza que con tanto cariño me había acogido y me cuidaba. Estaba convencido de que mi buena suerte y mi tranquilidad estaban ya establecidas.

Lejos estaba de adivinar que de nuevo se acercaba un negro nubarrón para oscurecer mi felicidad, mi tranquilidad y mi paz mental. Esa nube terrible era mi madre, quien de nuevo me arrancaría del lado de mi padre y de mi madrina en forma definitiva, pues Silvia fue muy clara conmigo:

—Juanito, si te vas con tu mamá, olvídate de tu madrina. En cuanto salgas por la puerta, yo ya no existo ni para ti ni para tu papá. Que no vuelva a pedirme ningún favor.

Yo me encontraba no entre la espada y la pared, sino entre dos espadas filosas cuyos golpes me podían herir por todos lados, sin remedio. Mi papá no estaba, mi madre reclamando a su hijo. Si me iba, perdería una etapa de mi vida que había logrado atesorar y a la que no iba nunca a volver. Pero ¿qué podía hacer? Tenía 7 años, estaba asustado, confundido, sin ser capaz de tomar decisiones.

Mi madrina finalmente me dejó ir con un gran pesar; no podía hacer nada sino verme partir.

Salimos a la calle; de toda esta terrible e ingrata acción quedaron mudos testigos de mi permanencia; aquella casita pintada de azul; la banqueta con cordón en la que jugaba mi juego preferido: jugar con fichas de refresco imaginando que eran autos de carreras y dibujar con gis los caminos; jugar al avión con mis vecinitas. Pensar que ya no iba a divertirme haciendo barquitos de papel que navegaban por el arroyo de la calle cuando dejaba de llover. Juegos que no volvería a jugar, porque mi madre al arrancarme de los brazos de mi madrina, también destrozaría mi inocencia de niño, mi pureza de mente y alma; me arrastraría ahora con ella a un mundo muy diferente para mí. Y esta vez, de nuevo me abandonaría a mi suerte.

CAPÍTULO 6
SALTILLO

La noche se hacía vieja y aquel torrente de recuerdos y palabras no parecía tener dique ni remanso. Con el ánimo de que Juanito recobrara un poco de la realidad de la cual se había alejado para hundirse en aquel caudal de recuerdos, pedí nuevas bebidas a la mesa. Entre sorbo y sorbo a su bebida, siguió contándome sus desdichas. Parecía querer descarnar su alma, si eso fuera posible, y compactar los recuerdos de sus largos años de soledad en unas cuantas horas. Yo permanecí en silencio todo el tiempo. No quise ser intruso en un espacio que le pertenecía. Siguió contándome.

Como lo hubiera hecho en varias ocasiones anteriores, mi madre volvió a su mantra recurrente

—Mijo, ahora sí no te voy a dejar, papito lindo; vas a ver que vamos a ser muy felices. Te juro que siempre estaremos juntos, solos tú y yo—. Y como siempre, después de decir esto que parecía tener anotado en alguna parte para que no se le olvidara y repetirlo cuando me veía, me dio un beso y un abrazo regados con lágrimas abundantes, no sé realmente si de cariño o de arrepentimiento; nunca lo supe, y a esa edad, menos.

En mis recuerdos lejanos, me veo viajando con ella y con Beto, al que ella nombraba "su chofer". Llegamos a un lugar muy grande, lleno de autobuses.

—Es la central camionera —me dice mi mamá al llegar.

Era un edificio con poca gente, mal alumbrado en el interior y penumbras en los pasillos que daban acceso a los andenes de salida.

—Vamos a hacer un viaje, no muy largo, mijo, más bien corto—, diría mi madre que parecía estar de buen humor.

Yo solo asentía con la cabeza. ¿Acaso contaba lo que pensara? No recuerdo cuánto duró el viaje. De nuevo mi mente de niño no podía calcular ni los tiempos ni los espacios. Nuestro destino al final del viaje era una pequeña central de autobuses de alguna línea; hacía mucho frío, era de noche y no podría decir la hora. Todo esto era nuevo para mí. Y en la puerta de entrada de la centralita, ahí estaba Carlos esperando a mi mamá; se sonrió al verla y ella casi corre a encontrarlo. Los vi fundirse en un prolongado y efusivo abrazo, como si fueran novios que hubieran dejado de verse durante mucho tiempo. Yo solamente contemplaba la escena sin decir palabras, sin asombro alguno, ya sin emoción ninguna. De nuevo, aquel argumento de "Solos tú y yo, Juanito" era otra mentira. Yo empezaba a conocer a mi madre y mi amor de niño a desaparecer. Se volvía humo ese cariño y amor que los pequeños tienen por sus madres a esa edad. En mí, ya no existía. Me decía para mis adentros "esa señora no es mi mamá, ella es Marina; mi mamá ya se fue, y no sé a dónde".

Carlos se suelta del abrazo, se encamina hacia mí con ademán amistoso y me saluda:

—Hola, campeón, ¿cómo estás? ¿Listo para irnos?

Yo no dije nada, y sólo me dejé llevar. ¿Para qué luchar

contra lo irremediable? Volvía a sentir aquel miedo metido en los huesos. Salimos de la centralita y tomamos un "libre", como le oí decir a Carlos.

—Llévenos a las afueras de Saltillo, al "Zumbido". ¡Al Zumbido, hombre!, ¿Qué no sabe dónde es?

Era la primera vez que veía enojado a Carlos; luego se calmó y abrazó a mi madre y empezaron una conversación animada:

—Oye, Mary ¿y cómo le hiciste para venir? ¿No batallaste?

—No, querido—, contestó ella sonriente y le dio un sonoro beso.

Al verla me llené de coraje y pensé "ya no eres mi mamá; de aquí en adelante te diré Marina". Y así lo hice: Oye, Marina, ¿me compras un pan? O, Marina, tengo hambre ¿me llevas a desayunar? Ellos sólo se reían y tomaban a broma la forma de expresarme, y lo festejaban a su modo.

El "Zumbido", como le llamó Carlos, era una especie de vecindad con un pasaje muy amplio al centro, y casas a un lado y otro y una al fondo del pasaje. En todas las casas había anuncios luminosos, mujeres y hombres caminando abrazados y cantando alegremente a lo largo del ancho pasaje, pues se oía música por donde quiera.

Nos encaminamos a la casa que estaba al fondo del pasaje y Carlos tocó a la puerta. Nos abrió una señora de edad indefinida, entre 40 y 50 años. Al ver a Carlos lo saludó muy alegre y efusiva:

—¡Hola, mijo! ¿Cómo estás? ¡Qué bueno que llegaste!

Tu papá aún no llega.

—Ah...bien ama. Mire. Le presento a mi novia Marina y a su hijo Juanito. ¿Te lo podemos dejar aquí mientras busco un lugar para los tres?

—Sí, hijito, deja al niño aquí. Yo lo cuido

La buena mujer me dio un plato de avena con un bolillo que me supieron a gloria, pues tenía varias horas sin comer. Mis alimentos a las horas debidas no eran una prioridad para mi madre.

No fue mucho el tiempo que estuve al cuidado de esta buena señora, unas dos o tres semanas, no puedo precisar, porque mi mamá y Carlos se fueron y no regresaron hasta pasado este tiempo, pues ellos tenían otros planes en los que, para no variar, yo no estaba incluido.

Como te digo, estuve con esta señora que se llamaba Clarita, como un personaje de doña Prudencia Grifel, y a la cual le daba un aire por el cabello canoso. Yo la veía como mi abuelita; ya verás, Benítez, yo era un niño que, quizá por falta de amor paterno, era rápido para encariñarme con los extraños. Clarita me aceptaba de buen grado; su casa era chica y humilde, pero grande de amor y cariño, el cual me demostraba platicando conmigo, o haciéndome de comer, manteniéndome limpio. Yo la veía feliz en mi compañía igual que yo con ella. Una nube negra que vi en el cielo debió advertirme que este pequeño paraíso no iba a durar.

Una buena tarde hacen acto de presencia Marina y Carlos. Ella me dice con voz despreocupada:

—Prepárate, Juanito. Trae tus cosas porque nos vamos a otro lado. ¿Verdad, Carlos?

—Claro, campeón —contestó él—, estaremos bien los tres, ya lo verás, amiguito.

Y para convencerme me dice:

—Mira, te traigo una sorpresa.

Y me da una caja de cartón, no muy grande. La abro sin mucha curiosidad, y se asoma un conejito blanco, muy bonito, con sus ojitos rojos.

—¡Ah!, gracias, Carlos —le contesto sin darle mayor importancia al suceso.

—Bueno, madre —se dirige a Clarita—. Ya nos vamos. Conseguí un cuarto aquí mismo, así que estaremos en contacto.

Otra vez me veía privado de la poquísima felicidad que creía haber encontrado, y otra vez al encierro en un cuarto, sin salir a ninguna parte; sólo una vez fuimos a pasear a un río que por cierto estaba lleno de espuma.

El encierro y la soledad me provocaban tanta desesperación, amargura, no sabría definir el sentimiento. Ya no era un niñito pequeño. Empezaba a darme cuenta de lo que me rodeaba y la impotencia para resolver la situación tuvo una terrible consecuencia de la que me arrepiento mucho: en un arranque de rabia azoté al conejito contra el piso y ya no despertó.

Cuando lo descubrieron muerto debajo de la cama, lo único que me dijeron fue:

—Te vamos a llevar a la correccional de menores. Ahí te harás hombre, Juan.

Ya no era Juanito. Verás, Benítez, que muchos años después, viendo la película Los Olvidados, me vi retratado en aquella escena donde el personaje de Pedro mata a unas gallinas. En ese tiempo que te cuento del conejito, en forma de regaño, me encerraron de nuevo en el cuarto, pero como yo no sabía que era una correccional para menores, no me importo para nada. Me sentía ligero de nuevo después de descargar mis sentimientos en aquel pobre animalito.

Como te digo, todo esto sucedió en el transcurso de tres semanas, hasta que una noche Carlos me sacó de ese lugar apartado, y me llevó a la ciudad; hacía frío y el suéter en poco ayudaba para darme calor. Saltillo es una ciudad de mucha altitud y casi siempre hace frío en las noches. Pero poco me importaba el frío; ya no iba a estar en ese horrible lugar donde el único menor de edad era yo.

—Mira, Juanito —me dijo Carlos —vas a estar en la casa de mi papá; pero por ningún motivo vayas a decir que mi papá tiene otra señora, ¿estamos? Mucho cuidadito con lo que hablas.

—Sí, Carlos —dije resignado.

Llegamos al centro de la ciudad, supongo, pues había muchas casas muy bonitas y elegantes; plazas, avenidas muy grandes donde se veían pasar muchos autos. Al fin, nos encontramos frente a una casa con un portón enorme, de madera pintada de blanco; de dos plantas, con ventanales muy amplios. Mi asombro mayor fue que la calle estaba en forma ascendente, como si las casas estuvieran en una especie de cerro.

Carlos tocó en el portón con una mano hecha de fierro, de pintura desgastada. Toc, Toc, Toc... después el ruido de un pasador y el cerrojo de la chapa abriéndose por dentro del portón. Hace su aparición una dama de mucha edad, menudita, de cabello corto el cual se notaba arreglado por una estilista profesional; tez aperlada y con gafas muy elegantes; en resumen, en aquella dama se veía la grandeza, o a mí me lo pareció.

—¡Ah!, Hola, Carlos; pensé que era tu papá Benigno — saludó la dama con mucha confianza.

—No, madrina; mi papá me mandó con usted para ver si le hacía el favor de cuidar a este niño. Me dijo que ya lo había hablado con usted, por eso vengo a ver si me puede ayudar, madrinita.

La señora se me quedó viendo un rato con un semblante muy amable, y aceptó de inmediato el encargo de su ahijado; yo creo que le caí bien, pues me dijo

—A ver, niñito ¿Cómo te llamas, corazón?

—Juan —le contesté temeroso.

Y al escuchar de nuevo su voz, como si viniera de una varita mágica, el miedo voló por encanto. Siguió diciéndome:

—Aquí te vas a quedar con nosotros, Juanito; yo te voy a cuidar y vas a estar muy bien, ¿aceptas?

—Sí, gracias madrina Emma—, contesté alegre. Desde ese momento el cariño fue mutuo. Ella me trataría todo el tiempo como un hijo y yo a ella como una segunda madre.

Lo que son las cosas, Benítez. Yo me he dado cuenta de que les caigo bien a las personas al conocerme; que mi carácter es bondadoso y tranquilo y atraigo la buena fe de todos. Por eso hasta hoy se me dificulta entender el despego de mi madre hacia mí; nunca supe si, cuando me sacaba de los lugares donde yo había encontrado un poco de paz y cuidado, lo hacía porque sentía su obligación como madre o porque no soportaba que alguien más me brindara amor. Nunca podré saberlo.

Te sigo contando de mi madrina Emma.

—Bien, mijo —le dijo a Carlos—, no te preocupes; yo cuidaré de esta criatura hasta que regreses. Benigno ya me había contado al respecto.

—Muchas gracias, madrina. Se lo agradezco mucho, en verdad—, respondió él, y luego, dirigiéndose a mí —Pórtate bien, campeón; hazle caso a mi madrina y no hagas travesuras ¿estamos?

—Sí, Carlos —dije conforme. En ese momento yo ignoraba que esa sería la última vez que lo iba a ver.

—Ven, Juanito, entra —me dice mi madrina y cierra el portón.

Una vez adentro, quedé maravillado. La casa era enorme para mis ojos de niño; tenía dos plantas y muchas habitaciones. En el centro, un patio; a los lados, hermosas macetas con plantas de flores de todo género. Dos jaulas enormes con pájaros como se estilaba entonces, con una gran variedad de aves.

Subimos por las escaleras y mi madrina —ya era mí

madrina; hacía unos minutos la había adoptado en mi corazón como tal —me instaló en una habitación muy grande y muy bonita. ¡Era la primera vez que dormía en una cama! Cubierta con una colcha muy grande y brillante que me deslumbró. Mi madrina me acomodó en la cama y me arropó.

—Bueno, Juanito, a dormir; mañana será un nuevo día–, dijo en Tono de despedida.

Yo estaba muy feliz; no tuve miedo de dormir solo en esa habitación de una casa extraña y ajena, ¡y con una dama a quien hacía unas horas no conocía y ya le decía madrina!

Al otro día me desperté temprano, mi curiosidad innata me llevó a recorrer el lugar y fui viendo cuarto por cuarto. No había nadie en uno, ni en otro, ni en otro, hasta que llegué a una esquina y al abrir la puerta veo a una joven a medio vestir, quien al oír el ruido de la puerta levantó un poco la cabeza y con los ojos entreabiertos preguntó:

—¿Tú quién eres, niño? ¿Qué haces aquí, negrito?

Asustado al ver la escena, corrí a mi cuarto; ahí me quedé hasta que mi madrina me llamó a desayunar. Después me enteraría que esta joven se llamaba Magdalena, que era media hermana de Carlos y muy pachanguera. Aunque la veía poco, ella también me tomó cariño y me lo demostraba a su manera.

Carlos no volvió y mi madrina Emma tomó la sabia decisión de enviarme al colegio. Éste se encontraba en lo alto de la calle en la que vivíamos; era una cuesta muy larga y empinada, luego se daba vuelta a la derecha y ahí estaba el colegio de monjas. Los primeros días, don Benigno, el esposo de mi madrina Emma, me llevaba al colegio en su carro en la mañana y en la tarde pasaba por mí a la salida. Después tomó la decisión de guiarme por esas calles empinadas, él en su carro y yo caminando en la acera. Él me cuidaba y vigilaba que yo llegara bien al colegio. Me decía:

—Juanito, tienes que aprender a valerte por ti mismo ¿De acuerdo?

—Sí, señor—, contestaba yo con mucha educación.

Estaba lleno de felicidad, y me acuerdo que los sábados me dejaba acompañarlo al mercado que estaba, o estará, en el centro de Saltillo; y cómo olvidar la Tortillería Mamá, pues cada vez que pasábamos me daba a probar una tortilla; para mí, esa era la gloria, la felicidad completa. Así pasaban los días, el buen señor guiándome a la escuela y cuidando mis pasos en su carro Ford, no recuerdo el año, pero sí que la palanca de velocidades la llevaba debajo del volante, y al ritmo de una canción en la voz de un cantante que después supe que se llamaba Vicente Fernández, Don Benigno me iba guiando.

—No se te olvide, Juanito: toma como referencia este poste, esa tienda, ese árbol, esa casa azul, etc. y te regresas por donde mismo.

Yo trataba de retener todas las referencias en mi pequeña memoria, y el esfuerzo tuvo un resultado exitoso, al poder caminar yo solo hasta el colegio; ya era un hombrecito, como decía el buen señor Benigno.

¿Por qué no me quedé con esta familia que me veía y me trataba como un hijo? Tenían hijos propios que ya eran adultos, y quiero creer que mi presencia vino a renovar en ellos la alegría de tener alguien a quien educar y darle el cariño que necesitaba.

En esta familia, Magdalena era la única hija soltera; no demostraba el menor interés por casarse ni tener hijos. Vivía muy a gusto en casa de sus padres sin preocuparse de nada. Su hermana Alejandra estaba casada con un norteamericano llamado John, que había servido en alguna guerra, no sé cuál. Tenían dos hijos, una niña como de once años y un niño de unos siete años, como yo, y las pocas ocasiones que visitaron la casa mientras yo estuve ahí, John portaba siempre un hermoso traje color verde olivo, lleno de medallas que a mí me llamaban la atención.

Carlos era medio hermano de Magdalena y Alejandra, la cual me tomó aprecio y empezó a llamarme "sobrino", aunque no lo fuera. Esto no le cayó nada bien a su hijita Luisa, quien no desaprovechaba ocasión para recordarme cada vez que estábamos solos:

—Mi mamá no es tu tía, ni mi abuelita es tuya— respaldando esta rencorosa afirmación con un fuerte coscorrón o con un pellizco bien plantado.

—Está bien, tu mamá no es mi tía ni tu abuelita es mi abuelita—, solamente le respondía para poner paz.

—Así está mejor —contestaba Luisa con aire triunfante.

Pero creo que en realidad la motivaban los celos. Yo me quedaba triste y desconcertado, sin entender la actitud de aquella mocosa soberbia. Cuando se iban, volvía a ser feliz de tener a mi madrina Emma para mí solo, porque volvía a ponerme atención y a tomarme en cuenta.

Los domingos eran días especiales porque Don Benigno y mi madrina Emma me traían a Monterrey a ver las corridas de toros. Yo no entendía la emoción de las gentes que gritaban ¡Ole! ¡Ole!, y me daba lástima ver cómo el toro arrollaba al caballo al que le habían tapado los ojos, y un señor gordo con sombrero picaba al pobre toro con una lanza; después, un señor salía con un andar muy elegante, con un traje muy vistoso y una capa roja en la que se enredaba con el toro, o así me lo parecía a mí.

De repente el señor del traje vistoso le clavaba una espada larga al toro y éste caía muerto. De inmediato se desataba un ruido estruendoso de la gente gritando "¡Torero, torero"! retumbando en toda la Plaza Monumental Monterrey.

No era un espectáculo para niños por lo brutal de la representación, pero como los buenos señores eran aficionados a las corridas y no tenían con quién dejarme, me llevaban con ellos. Al regresar a la casa en Saltillo, cerrábamos el domingo viendo algún programa en la televisión.

Así era mi vida, Benítez. Me sentía a gusto en esa casa; Magdalena ya me quería, y aunque la veía poco, cuando me topaba con ella me decía en Tono alegre y cariñoso:

—Hola, negrito, ¿Cómo estás? ¿Quieres ser mi novio? Te voy a esperar a que crezcas, ¿eh?—, me decía y luego me daba un abrazo y un beso en la mejilla.

Una vez ella cooperó para que yo pudiera ir a una excursión organizada por la escuela para subir a un cerro; era sábado y el grupo escolar era nutrido. En lo alto de la montaña, me sentí feliz oyendo el canto de los pájaros, viendo el cielo tan azul, que yo sentía que estaba muy cerca; veía las nubes blanquísimas como de algodón puro tratando de encontrar figuras. No imaginaba en ese momento tan especial en comunión con la naturaleza, que aquellas nubes tan blancas y hermosas se convertirían al poco tiempo en nubes oscuras, más negras que antes. El destino me quitaría de nuevo la felicidad.

Un día, el mal presagio en forma de Marina toca a la puerta de esa casa que ya consideraba mi hogar, pues durante un largo tiempo ella no se había dignado hablar por teléfono para preguntar por mí. Mi madrina abre la puerta y sin saludar, Marina le dice a bocajarro:

—Señora, vengo por mi hijo Juan.

Repuesta de la impresión que le causa tan repentina aparición, mi madrina me pregunta muy seria:

—Juanito, mijo. ¿Conoces a esta señora?

—Síiii —contesté en voz baja y con miedo, presintiendo lo que iba a suceder.

—Dice ella que es tu mamá, mijito ¿es cierto?

Esta vez sólo asentí con la cabeza y bajé la mirada.

—Ella viene para llevarte y yo no te puedo retener, Juanito. Pórtate bien; hazle caso a tu madre; acuérdate que ya eres un hombrecito.

Vi cómo al terminar de decir esto, sus lentes ocultaban unos ojos llenos de lágrimas. Yo también lloré y le di un último abrazo a aquella segunda madre que en unos pocos meses me había prodigado el cariño y los cuidados que no había recibido en los años pasados. Nunca he olvidado la sensación de ese abrazo de despedida. Otra vez a rodar hacia lo incierto de la mano de mi madre.

CAPÍTULO 7
MI NANA ESPERANZA

Salimos de aquella casa para siempre, y mi madre me llevó con ella a la central de autobuses de Saltillo; grande fue mi sorpresa porque ahí, frente a mí, estaba mi papá. ¡No lo podía creer! Nos estaba esperando; nos dimos un abrazo grupal y yo me sentí más tranquilo en su presencia, pensando en que quizá ahora tendría más amor y cuidados.

Durante el viaje en el autobús, mis padres parecían ser novios; constantes besos y abrazos cariñosos entre los dos, y yo parado en el asiento me sentía feliz pensando en que de nuevo íbamos a estar los tres juntos, volveríamos a ser una familia.

Pero poco me duró el gusto. Llegamos a Monterrey y otra vez mi suerte estaría volando en el aire. No sé si hayas leído un poema, Benítez, que dice "son cosas de la suerte; unos la encuentran de espalda, y otros la encuentran de frente" y yo casi siempre la he encontrado de espalda.

Estaba muy próximo el día en que me enfrentaría a un mundo lleno de malicia, dolor, rencor, de nuevo solo a mi corta edad de siete años. Sin darme cuenta, sin razonarlo, ya era un guerrero que luchaba por no caer en la tentación de la vida fácil.

Estuve al lado de mis padres durante casi 24 horas; al llegar a la ciudad mi padre se fue al trabajo, supongo, porque ya no volvió, hasta unos meses después; quedé al cuidado de mi madre que me llevó a una colonia muy extraña, diferente a las que yo había visto. Llegamos de noche y no se distinguían muy bien las calles, todas polvorientas, llenas de pozos; no parecía parte de la gran ciudad. Entre tumbos por aquellas sendas mal alumbradas, llegamos en un auto de alquiler a una gran vecindad, sin portón de entrada, con casas pequeñas a los lados de un largo corredor que desembocaba en una casa al fondo. El pasaje terminaba en otro pequeño pasillo a la derecha que daba acceso a un gran patio con árboles, en el centro del cual se veía un gran cuadrado de zacate como una alfombra, y alrededor de éste, más casitas como las del corredor grande.

La primera casa a la derecha tenía un pequeño portón de madera, con dos hojas cuadradas. Mi madre tocó en la puerta con fuerza repetidas veces, hasta que al fin salió una señora morena, robusta, de cabello cano por completo. Al vernos le dijo a mi madre en Tono festivo:
—¡Qué bueno que llegaron, Mary! Pasen, pasen a esta su humilde casa.

Con el tiempo aprendí que no hay casa humilde porque, aunque sea en extrema pobreza, todas las casas tienen un valor y muy grande.

Para mi desgracia, ya me iba acostumbrando a que Marina me sacara de un sitio seguro en el que permanecía, para abandonarme al cuidado de gente extraña a la que yo no conocía. Esta señora se llamaba Esperanza y para mi suerte (de la poca que me ha regalado la vida) resultó una buena persona a la que llegué a considerar como otra de mis madres, como Emma, como la señora de Cadereyta, como mi madrina Silvia, quienes me cuidaron y me dieron un poco de amor.

Nana Esperanza, como llegué a llamarla con el tiempo, tenía cuatro hijos, dos hombres y dos mujeres que siempre me quisieron, como si fuera un hermanito pequeño. Arturo era el mayor de los hermanos y le había dado polio cuando era pequeño y no podía caminar bien; Chapo era el segundo hermano, alto y moreno del que nunca supe en qué trabajaba pero que me quería mucho; Francis era la tercera hermana, muy joven y muy bella, de tez aperlada, delgada y con una hermosa mata de cabello rizado; ella me consentía al máximo. Como dice la canción, le lloré como un río cuando se casó. La hermana más chica era Verónica; ella sí puso barrera entre los dos, no le agradé, lo cual me desconcertaba, pues sin que suene a presunción, creo que desde niño les caigo bien a las personas.

Don Aniceto completaba el núcleo familiar. Era un hombre sencillo, moreno, de buen corazón. Un carretón era su medio de transporte para comprar fruta y verdura en el Mercado Juárez, y luego venderla en la colonia y sostener a su familia.

Había llegado a esta casa por conducto de mi madre quien pagaba una cuota semanal para que me alojaran y cuidaran. Con el tiempo, noté que me querían y no era por el dinero que recibían de Marina.

Al día siguiente de mi llegada, me desperté por la mañana con el canto del gallo, y lo primero que hice fue investigar dónde me encontraba; vi los cuartos, el gran patio con esa cama verde de zacate y las muchas puertas alrededor del patio. Los moradores aún dormían y mi curiosidad de niño me llevó a recorrer el camino andado la noche anterior, hasta llegar a la entrada del corredor y asomarme a una gran calle sin pavimentar; a lo lejos vi una loma. Escuché el cercano ladrar de unos perros que estaban en una pelea. Nada tenía sentido para mí.

De la nada, veo aparecer en la calle un grupo grande de niños y jóvenes jugueteando y peleando mientras caminaban; me quedé observándolos tratando de identificar la substancia amarillenta que ellos aspiraban, unos de bolsas de plástico que cada uno llevaba, y otros de bolsas de papel.

Me asustó lo crudo de esta escena desconocida para mí entonces, y otras peores que luego volvería a presenciar casi a diario. Opté por regresar a la casa, y sólo pensaba "¿en dónde estoy?".

Corrí sin parar hasta la casa, y la nana Esperanza me esperaba con un apetitoso desayuno; café negro, huevos revueltos con frijoles refritos y tortillas calientes. La gloria en una mesa de cocina. Esperanza era mi "Ma'linda" como la de Memín Pinguín. Nunca se lo dije. Estoy seguro que ella hubiera entendido.

Así pasaba yo los días en aquella nueva situación. Salía de la casa y me iba a conocer las de los vecinos. En aquella colmena humana había todo tipo de personas a las que mi curiosidad me llevaba a querer conocer. Ahí estaba doña Pachita, mujer humilde, pero de gran corazón que me daba a probar sus deliciosas tortillas hechas a mano, mientras me dejaba ver en la tele en blanco y negro las caricaturas junto a sus hijos. Otro recuerdo memorable es el de don Cheto, quien fabricaba tinas y baños de lámina junto a su ayudante Toño. El ruido era constante entre los golpes a la lámina y las radio novelas que se escuchaban en un pequeño radio: "El ojo de vidrio" "La venganza del ojo de vidrio" que a mí me emocionaba escuchar.

Un personaje que no olvido es el joven maestro Saúl, quien portaba un reloj muy bonito, redondo, del cual él decía que era un radio transmisor y por ese medio se comunicaba con su ayudante. A mi corta edad, a mí me parecía grandioso y extraordinario, pues me parecía ver el reloj de El Santo en sus películas.

No había quién me impidiera hacer esas correrías porque mi nana se dedicaba a lavar ropa ajena o a coser vestidos para ayudar al gasto familiar. La enseñanza de don Benigno de tomar puntos de referencia para no perderme fue muy valiosa; me fui atreviendo a llegar cada vez más lejos y conocer nuevos rumbos. Una cuadra y regresar, dos cuadras y para atrás, hasta llegar en una ocasión a una esquina en donde unos niños jugaban con canicas, otros apostaban barajitas de luchadores y otros más jugaban a bailar el trompo. Me acerqué curioso y uno de ellos volteó a verme y con cara de enojo me gritó:

—¿Tú qué haces aquí? Bórrate, si no quieres que te madree ¡órale! —siguió amenazándome y yo sin poder moverme—. ¿Qué, estás sordo, cabrón, o qué?

Temeroso y confundido me regresé por el camino andado antes, desconcertado pues no había hecho nada malo. ¿Por qué me había agredido ese niño? No tuve respuesta. El caso es que seguí acercándome al grupo porque no tenía a nadie más con quién jugar, y a fuerza de maldiciones y constantes rechazos me fui integrando a sus juegos. Al irlos conociendo les iba tomando un gran afecto a todos, especialmente a "los muertos", unos hermanitos llamados así porque sus papás eran muy delgados y tenían hundidas las cuencas de los ojos, como sin vida y de ahí el tenebroso apodo.

Así era la vida en esa colonia. En cuanto oscurecía, nadie se atrevía a salir, pues las calles eran invadidas por un ejército de jóvenes y niños de entre ocho y doce años, algunos más grandes como de catorce, todos comandados por un joven rubio pecoso, de cabello largo al que apodaban el Chule; era un líder nato y tenía la maldad en las venas. A esa corta edad era un sanguinario al frente de un ejército de más de cuarenta seguidores; cuando pasaban por la colonia y algún pobre desdichado, sin importar la edad, era alcanzado por la turba, le exigían cuota por andar en las calles.

Muchos años después, al ver la película Los Olvidados, recordé esos tristes y terribles días en la colonia Garza

Nieto. En esas calles había toda clase de males sociales: prostitución, venta de drogas, "pastas" o pastillas, cigarros de hierba, además de estas pandillas que cobraban cuota para no ponerle al pobre que los enfrentara la patiza de su vida. Eran como langostas que arrasaban con todo lo que se toparan, no importaba, como decían ellos, fueras chicos o grandes, tienes que poner para la "pasta".

Yo lo viví en carne propia una mañana en que aquel ejército del mal pasaba arrasando con lo que se le topara, y me encontraba en la entrada de la vecindad.

—Órale... cáete con algo para la pasta

—No tengo nada—, pude apenas balbucir con miedo, antes de que entre todos me agarraran y le dijeran al Chule como soldados a su general:

—Este pinche escuincle no trae nada ¿lo madreamos?

El Chule se me quedó mirando y luego me dice:

—A ver, pinche güerco cara de pan quemado ¿No traes nada? Pos doble cuota pa' la próxima, cabrón. Date de santos que estoy de buenas y que estás chiquillo todavía, si no, te madreo. Vámonos, pinches güeyes.

A esa orden, de inmediato el ejército de 50 jóvenes malandros se puso en marcha. Yo seguía temblando mucho después de que se habían perdido de mi vista a seguir por esas calles empolvadas. Se volvieron rutina las maldiciones, insultos, dimes y diretes, las amedrentaciones, los golpes frecuentes del Puga, un güerco mucho más grande que yo, el cual me había agarrado de costal de box. Yo estaba a merced de esos matones sin quién me defendiera.

Entre patada y patada, las cuales duraron un buen tiempo, aprendí a convivir en ese ambiente; hasta que conocí a un muchacho joven llamado José Luis Alemán Guzmán, algunos años mayor que yo, creo que tenía como 12 años; delgado, de tez aperlada, de rasgos asiáticos que me tomó bajo su protección y me cuidaba de los demás. Empecé a tenerle confianza y le pedí con mucha ansiedad que me enseñara a pelear para poder enfrentar al grupo, pero él se negó, a pesar de que él era bueno para las riñas a mano limpia, sin guantes. Nunca supe la razón de que no hubiera querido enseñarme a pelear, pero me adoptó como una especie de hermano menor al que defendía hasta del Chule, y me procuraba mucho al grado de conseguirme novia. ¡A mi edad! Yo tenía siete años y él doce, y nos animábamos a dar serenata a las niñas de la cuadra. Nos apersonábamos a cantar con mejor intención que facultades, y las dos niñas salían a escuchar y agradecer la serenata.

Como en todas las ocasiones anteriores, poco a poco me fui adaptando a mi nueva vida entre hampones y drogadictos que se embrutecían inhalando cemento industrial; eran comunes los asaltos a las gentes que pasaban por la cuadra, la prostitución estaba en su máxima expresión. Un ambiente sin control ni moral ni legal. No había autoridad que se animara a ir por esos barrios olvidados de la sociedad.

La primera vez que tuve el valor de aventurarme a ir más lejos de la puerta de mi casa, llegué hasta el final de la cuadra para buscar a uno de mis amigos "los muertos", pues ellos vivían por ese rumbo donde empezaba la otra colonia. De camino hacia la casa de mi amigo, vi la entrada de una casa muy grande donde no había puerta; recargada en el marco estaba una mujer morena, de cabello largo, quien a mis ojos de niño se veía muy mayor de edad, la cual se veía resaltada por su exagerado maquillaje, parecida al personaje "Pajarillo" de la canción del cantante Napoleón. Falda negra y unas botas del mismo color con tacones muy altos completaban esta visión. Junto a ella, otra mujer de diferente aspecto en el vestir y en el maquillaje, pero muy semejante en la edad a la primera. Esta señora tenía el pelo negro, tan rizado que parecía una peluca.

Las dos estaban al acecho de posibles clientes y les decían a los varones que pasaban cerca "¡Hey, guapo! ¿No quieres venir al cuarto?". Esa pregunta la escuché luego muchísimas veces, y siempre me preguntaba para qué esas señoras querrían llevar al cuarto a alguien. Uno que otro contestaba "No, gracias" y seguían su camino, pero otros aventureros aceptaban la invitación. Mucho tiempo después entendí toda esta situación. Finalmente, encontré a mis amigos y nos fuimos a jugar. Esa fue mi primera impresión de la vida nocturna del barrio a la cual me fui acostumbrando mientras pasaban los días.

Llegó el tiempo de inscripciones en la escuela primaria, y mi Nana Esperanza, la santa y buena mujer, tuvo buen tino de llevarme a la escuela para cursar el segundo año. No sé si por iniciativa de ella o de mi madre, lo cual dudo mucho pues a Marina casi no la veía. Creo que fue este detalle de mi nana Esperanza de hacerme estudiar, lo que me salvó de perderme en ese mundo bajo y oscuro del cual ya no hay salida, como lo comprobaría muchos años después al tener noticias de los personajes antes mencionados.

Me encontré con la jubilosa sorpresa de que José Luis Alemán asistiría a la misma escuela y en el mismo turno matutino; él pasaba por mí en la mañana y regresábamos luego juntos a la salida; después de dejarme en la vecindad, él se encaminaba para su casa. Aún recuerdo con mucho cariño y nostalgia el rostro moreno de mi nana Esperanza lleno de alegría al verme llegar y luego hacerme toda clase de preguntas: ¿Cómo me había ido? ¿Qué cosas había aprendido? ¿Estaba contento en la escuela? Yo me sentía importante y contestaba con orgullo a todo lo que preguntaba. En mi pensamiento ella era mi Ma'Linda Esperanza y yo Memín Pinguín, como si fuéramos los personajes de la revista gráfica.

Ella me premiaba con un gran plato de sopa de arroz acompañado de frijoles de la olla que sabían a gloria, más por el amor que ella le agregaba al platillo. En la mañana, antes de irme a la escuela, un vaso de leche y dos piezas de pan dulce eran mi desayuno, lo máximo para mí. A veces ella me daba 20 centavos para comprar algo, y José Luis me compraba frecuentemente el refresco durante el recreo en la escuela.

Esa era mi rutina entre semana, y mi vida iba normalizándose. Los domingos era el día que yo esperaba con más ansias para ir a la función de lucha libre en la Arena Coliseo de Monterey. Se juntaban dos o tres familias, y los pequeños como yo éramos muy felices viendo a aquellos atletas en el centro del ring, y después de la función todos soñábamos con llegar a ser como nuestros héroes, René Guajardo con sus duros golpes de izquierda por los cuales era tan reconocido; o El Solitario con su famosa patada trasera "la filomena". En este diverso grupo de familias estaba la mamá de José Luis, y éste a mi lado cuidándome. Salíamos de las funciones muy felices y soñando con ser algún día uno de aquellos ahora legendarios, inolvidables luchadores, nuestros héroes de carne y hueso.

Queríamos imitar aquellas escenas en el ring, y creamos nuestra propia función de luchas en el patio de la vecindad donde vivíamos y dábamos también vuelo a la imaginación. José Luis Alemán, por ser el mayor, llevaba la voz de mando y escogía a quien había de ser su pareja en el combate. Cada quien seleccionaba al personaje de su admiración para la lucha: El Santo, decía uno; Blue Demon, gritaba otro; Tinieblas, terciaba alguien más, así hasta que todos tenían su título, portando además una máscara del personaje elegido, comprada en el puesto de la Coliseo. Era un juego emocionante para todos los pequeños que soñábamos con salir algún día de aquel medio.

Mi nana Esperanza tenía una hija muy bonita de nombre Francisca, a la que por cariño le decían Francis; ella era una de mis personas favoritas porque me dedicaba atención y me tenía aprecio. No solamente era yo el que quería estar cerca de ella, pues le salió un pretendiente llamado Lucas, quien me tomó a mí de mensajero y corre ve y dile para darle recaditos a

Francis.

—Mira, Juanito, si le dices a Francis esto, te llevo al gimnasio para que me veas entrenar box, y de paso te doy clases para que aprendas a defenderte ¿vale? —decía Lucas.

Yo, emocionado por la expectativa de las clases prometidas, corría a darle a Francis los mensajes de aquel enamorado

—Oye, Francis, ¿A ti te gusta Lucas? Es boxeador —pregunté yo con supuesta inocencia.

Ella con mirada llena de ternura, pero adivinando por dónde iba el interrogatorio, me contestó pacientemente:

—Mira, Juanito: Lucas me cae bien, pero yo tengo ya un novio, Oscar, que trabaja en una joyería del centro. Me voy a casar con él. Por favor dile eso a Lucas. ¿Conforme?

Sus palabras no eran con reproche, consciente de la inocencia de mis preguntas y sabedora que Lucas era el causante; para terminar, me decía con enojo fingido:

—¡Y dile a tu amigo Lucas que, lo que quiera saber, me lo pregunte a mí!

Luego, al ver mi rostro a punto de llorar, se tranquilizaba y me decía en Tono quedo mientras acariciaba mi cabeza:

—Tú no tienes la culpa, chiquito; no te sientas mal. Estas son situaciones de adultos que no comprendes. Es más, mira, te diré mi secreto. Aunque Oscar es mi novio y me voy a casar con él, a ti te quiero más, porque sé que tú me quieres de una manera más limpia, más sana.

Después de estas hermosas palabras, me dio un beso en la frente.

—Éste será nuestro secreto —repitió— ¿estás

conforme?

—Sí, Panchis —contesté— Yo también te quiero mucho—, dije en tono feliz y calmado.

Al poco tiempo se casaba con Oscar, provocando en mí un gran sufrimiento, pero tuve que resignarme a que nuevamente me dejaba alguien a quien quería mucho.

CAPÍTULO 8
LA COYOTERA

Juanito se quedó en silencio unos momentos, buscando en una botella el valor para continuar; dio un profundo trago al líquido antes de retomar el relato. Yo seguía sin decir palabra para no interrumpir sus recuerdos. Pareció reponerse y encontrar el modo de reanudar y siguió diciendo:

—Mira, Benítez: yo no sé si cada cual traiga ya su destino trazado. Tengo la idea de que los niños, a pesar de los maltratos que puedan sufrir, conservan su inocencia como hasta los seis o siete años cuando muy tarde. Después, empiezan a asimilar la cruda realidad del mundo en su lucha por integrarse a algún grupo. Muchos padres tratan de retrasar a sus hijos este enfrentamiento con esa realidad, y los cubren con una especie de burbuja aislada por el amor y los cuidados hasta que esta burbuja inevitablemente se rompe. Mi burbuja, Benítez, se rompió junto con mi cordón umbilical.

Dicen que las desgracias nunca llegan solas; yo creo que forman un complot para atropellar al pobre infeliz que las va a sufrir. Cuando apenas iba reponiendo mi ánimo y asimilaba que Francis ya no iba a estar a mi lado, llegó quien menos deseaba tener frente a mí.

Volvía de la escuela como todos los días después de la boda de mi amiga, triste y cabizbajo, sin ánimo de llegar a la casa, pero tenía que hacerlo pues para mi consolación me esperaba un buen plato de comida caliente. Esta vez no iba a ser así. En lugar de mi comida, veo la delgada figura de mi madre esperándome en la pequeña sala de la casa. Su presencia me sorprendió, pues ya ni me acordaba de ella. Al verme, dijo con Tono emocionado:

—¡Hola, mijo! ¿Cómo estás?

—Bien —contesté casi sin voz, sin emoción alguna, como a la desconocida que era.

Mi semblante cambió al dirigirme a mi nana Esperanza, mi Ma'Linda.

—Hola, nana; me fue bien en la escuela. ¿Qué vamos a comer?—, le dije tratando de darme ánimos adivinando la tormenta que se avecinaba.

Mi nana sólo pudo decir

—Mijo, Juanito, tu mamá viene por ti; te va a llevar con ella.

Su rostro moreno y ovalado se transformó por el llanto visible en sus ojos.

—Juanito, mijo —siguió diciendo—, hazle mucho caso a tu mamá.

Sentí el piso hundirse bajo mis pies. ¿Por qué, me preguntaba, por qué, por qué de nuevo? Si yo era feliz en esa casa humilde, sí, pero en donde nunca me faltó ni comida ni cuidado ni cariños. Yo no sé si mi mamá le pagaba a mi nana por alojarme en su casa, pero el cariño que me brindaban era real, no tenía precio ni se podía pagar con ningún dinero.

—Gracias, Esperanza —dijo mi madre a Ma'Linda —me llevo a mi hijo, pero estaré cerca.

El corazón se me partía en muchos pedazos al despedirme de mi nana y verla por última vez. Ella no podía articular ni una sola palabra; sus ojos llenos de lágrimas se lo impedían. Al fin, me dijo

—Que te vaya bien, mijo, estudia mucho, no dejes de ir a la escuela.

Con el llanto cerrando mi garganta, sólo pude pensar "Sí, Ma'Linda. Estudiaré". Sólo rompí esa promesa cuando las circunstancias de la vida me obligaron a abandonar los estudios, pero continué aprendiendo por mi cuenta en los libros, en todos los ratos y ocasiones en que tenía la oportunidad. Eso me salvó la vida.

Al salir por aquella puerta, atrás se quedaron mis ilusiones, mis amigos, mis compañeros de luchas y de juegos; ya no volvería a ser Solín, el fiel compañero de Kalimán el cual era encarnado por el joven amigo que fabricaba baños de lámina junto a su papá. Mi madre me arrancaba de nuevo de los brazos de mi felicidad y volvía a empezar de nuevo; todo por lo que había luchado se iba al fondo de un pozo negro. Pero esta vez, yo ya tenía más edad para comprender lo que era el bien y el mal.

Pensé que mi madre me llevaría lejos, pero, para mi sorpresa, fuimos a parar a otra vecindad cercana, por el rumbo donde vivían mis amigos "los muertos", sólo que esta vez tendría menos libertad de la que estaba acostumbrado.

La cuadra terminaba a unos cincuenta metros de la vecindad donde ahora viviría con mi mamá. Ahora, cuando lo recuerdo, me parece increíble que en una distancia de poco más de cien metros existieran dos mundos y dos ambientes tan diferentes, pero en ese entonces era otro lugar nuevo al que había llegado. La vecindad en la que ahora vivíamos formaba una especie de "L" con dos salidas a los extremos, una que daba hacia el sur, y la otra hacia el oriente, con un patio común en la parte trasera de las casas. A unos cincuenta metros de mi nueva casa estaba la esquina donde revoloteaban todas las noches aquellas mujeres luciérnagas, resplandecientes unas, con el brillo casi apagado otras; todas las casas eran más bien habitaciones de 3 por 3 metros cuadrados dando frente a la calle y adornadas todas iguales por un ventanal con protectores curvos, lo que facilitaba a la gente pequeña como nosotros, sentarse sin caer. Ese era mi nuevo barrio al que, igual que en todos los anteriores, tendría que acostumbrarme y conocer nuevas gentes.

Por las mañanas seguía en la escuela, pero ya no había vaso de leche ni piezas de pan. "Toma un peso y compra lo que quieras" decía Marina. No pasó mucho tiempo para que, completando el cuadro, mi madre llegara un día con un señor alto, de edad avanzada, delgado, con pelo entrecano.

—Él es Rubén—, me disparó sin aviso para presentármelo con orgullo —Es mi pareja.

Rubén resultó ser una buena persona, pues para mi fortuna yo le era totalmente indiferente, ni me molestaba ni se interesaba en mí. Marina tendría entonces unos veintiséis años y él parecía de más de sesenta con una larga vida recorrida; no sé por qué duraron juntos poco tiempo ya que, como dije, él era buena persona.

Pero durante el tiempo que estuvieron juntos, pasaban largos ratos fumando unos cigarros muy raros y hacían ruidos extraños. Después ella empezaba a reírse de todo, a carcajadas, muy divertida, mientras él se mantenía serio. Ella parecía feliz y él sólo la observaba.

Después, en las tardes, al compás de la música de Agustín Lara saliendo de un pequeño radio de pilas, mi madre me decía:

—Aquí te vas a quedar, porque voy a ir a trabajar.

¿A dónde? No lo sabía. Rubén se iba, y yo me quedaba encerrado, mirando hacia la calle y a otros niños como yo, sentados cada uno en su ventanal, algunos en pañales y otros de mayor edad. No era situación como para mantener una plática, y lo único que nos preguntábamos mutuamente era "¿Cómo te llamas?".

Ya en la noche, a lo lejos flotaban en el aire las ondas de alguna canción que estaba de moda, seleccionada en la radiola de una cantina en el barrio; bonitos aparatos con muchas luces a los cuales les ponían una moneda y tocaba aquella canción escogida según el estado de ánimo del parroquiano. Recuerdo que frente a esta cantina había un tejabán de madera, el cual funcionaba como restaurante donde servían comidas de toda clase.

El cocinero era un señor muy blanco y con pelo muy rubio. Los clientes le gritaban:

—Hey, Güero —que era su sobrenombre—, dame dos tacos de harina con frijol; o dame una torta de huevo con frijoles y que el pan esté bien tostado y con salsa encima.

Ese era mi menú entonces, cuando estaba con Marina.

—Dile al Güero —decía ella—, que te dé comida y me la apunte; él ya me conoce.

Y en verdad, parecía que el Güero conocía a todo mundo. En cuanto le daba el recado de mi mamá, él contestaba:

—Sí, como no; en seguida te lo preparo.

Y me entregaba para llevar, aquellos platos con comidas riquísimas: huevos con salsa, o bistec, o hígado encebollado según el menú del día. Todavía recreo en mi mente aquellos sabores de entonces, diferentes a los de hoy, aunque sean de los mismos guisados.

Marina se ocupó de mí sólo los primeros días, serían diez cuando muchos. Después ya no la veía, pero como tenía al alcance la llave del candado del cuarto y Rubén estaba casi nunca, volvía yo a tener libertad para recorrer las aceras conociendo nuevas casas, nuevas cosas y nuevas personas.

CAPÍTULO 9
LA COYOTERA - DOÑA MINA

—Mira, Benítez —continuó Juanito luego de una pausa como para reacomodar sus recuerdos—, aunque yo tenía a mi mamá, era un niño de la calle, de los que aprenden por sí mismos a entender cosas extrañas e inexplicables para su edad. Ya te haces idea, más o menos, de cuál era mi entorno en la infancia. A la vuelta de la cuadra había un burdel digamos externo, porque las *luciérnagas* se paraban en la esquina a esperar clientes. No importaba si había niños cerca, esa no era su preocupación. Algunas de ellas quizá también tenían hijos y su trabajo ayudaba a llevar comida a sus casas. Yo nunca las he juzgado. De día, después de la escuela, recorría esos rumbos y cada día me iba atreviendo a conocer más y más. Era libre y era feliz, o al menos así me sentía.

En la esquina de la vecindad vivía una buena señora que era la que administraba los servicios de las *luciérnagas*, y a veces tenía que mediar firmemente cuando dos de ellas se peleaban a los clientes. Era el trabajo de la señora, y como te digo, yo no soy quién para juzgar a las personas.

La señora se llamaba Herminia, pero de cariño le decían Doña Mina. Tenía cinco hijos: Martha, la mayor, luego Felipa, Alejandra, Federico y Betty; esta última sería mi primer amor real; todavía cierro los ojos y recuerdo el beso que me dio durante una función de matinée a la que habíamos ido toda la palomilla, en el cine Acapulco donde pasaban películas de El Santo.

La recuerdo guiando mi mano hasta su espalda cubierta por un vestido rosa muy bonito y ajustado con un cinturón. Betty era mayor que yo, y nunca pude explicarme por qué había tenido ese gesto de besarme en los labios, pero lo único de lo que yo estaba seguro era que a partir de ese momento éramos novios. Marina se sonrió cuando de manera inocente les conté el suceso, y Rubén lo tomó más en serio.

En una de tantas salidas de mi madre por la tarde, Rubén me dijo muy formal:

—Oye, Juanito ¿me haces un favor?

—Sí, cómo no - le contesté, pensando en cuál podría ser ese favor, dado que me quedaba encerrado en la noche.

—Mira —siguió diciendo muy serio—, van a venir a preguntar por mí. ¿Les puedes dar un cigarrito de los que tengo en la cajita de metal encima de la cómoda? Te van a dar diez pesos por cada uno. ¿Puedes hacerme ese favor?

—Sí, Rubén—, contesté, resignado a pasar las noches encerrado hasta que llegaran él o Marina a la casa.

—Gracias, Juanito —remató Rubén la plática.

Primero salió él de la casa y luego Marina. Me quedé sólo, con miedo, pensando en qué sería ese encargo que parecía inocente pero que me iba a enfrentar con desconocidos. Durante las horas, llegaron cinco gentes a pedir los cigarros, mismos que entregaba por la ventana habiendo recogido antes los 10 pesos respectivos.

Me pongo a pensar ahora en el peligro al que aquellos irresponsables me expusieron. ¿Pensarían que un niño de siete años no iría a la cárcel por vender drogas? ¿Confiaban en que, como mencionaban, aquella zona temeraria era tierra de nadie y la policía no entraría? Tiemblo ahora, ya de adulto, en lo que pudo haber pasado.

Pudo más mi curiosidad de niño y prendí uno de esos cigarros, esperando ponerme alegre y feliz como mi madre, pero no sentí nada, nulo resultado del experimento. Tiré el cigarro a un bote con agua y no dije nada. Rubén llegó a la casa primero que Marina y me preguntó:

—¿Cuántos vinieron por los cigarros?

—Pos, pos... sólo cinco—, contesté tartamudeando al tiempo que le entregaba el dinero.

Claro que él se dio cuenta que faltaba uno, pero no dijo nada, sólo se me quedó mirando. Unos días después, pude compensarle lo que había hecho, porque vinieron por él en una patrulla; a estos vehículos les decían "las reinas", porque traían una antena como corona en el techo. Nunca supe de qué acusaban a Rubén ni por qué se lo habían llevado en la patrulla. Mi madre me llevó a la Demarcación de Policía que estaba por la avenida Venustiano Carranza y me hizo decir que Rubén era mi papá, que por favor lo dejaran libre. Los policías seguramente se divirtieron mucho con mi ocurrencia. Pero no soltaron a Rubén.

Volvimos a la casa, y en la noche Marina se fue; lejos había quedado la promesa de aquel mantra "ya no te voy a dejar"; ella volvió a dejarme a la buena de Dios y de las buenas personas de las casas vecinas. Su intención de no regresar estuvo clara porque, por suerte, no me dejó encerrado como antes y tuve que ir a mendigar comida al día siguiente a casa de Doña Mina y de sus hijos que me habían tomado cariño. Martha, la hija mayor, me recogió a su cuidado y me llevó a vivir a su casa. Teniendo yo una madre, era un huérfano de la calle.

Mi nueva mamá se preocupó de que yo no perdiera el tiempo y me inscribió en la escuela; desafortunadamente, ya no encontré a mi amigo y protector José Luis quien, siendo una persona honesta, había tenido que salir huyendo del barrio bravo, a consecuencia de haber cometido un error con una de las muchachitas vecinas del entorno. La educación sexual era un tema casi prohibido en las familias. No volví a verlo a él ni a su familia. Ahora, al faltarme la protección de aquel amigo tendría yo que valerme por mí mismo y defenderme de las agresiones de otros alumnos. Creo que eso me ayudó a ir formando un carácter más fuerte.

En las tardes, Martha se iba a trabajar a un negocio de "*luciérnagas*" ubicado a dos cuadras de la casa, y administrado también por Doña Mina; yo me salía sin que alguien lo impidiera en busca de mis otros amigos. Tenía casa dónde vivir, comida, escuela, pero no tenía a nadie que me cuidara en aquel ambiente difícil para un chiquillo de menos de 10 años. Me fui acostumbrando a andar en la calle, en medio de un grupo variopinto de niños de todas las edades, donde los menores eran presas fáciles de los mayores. Uno de ellos, Aniceto, un muchacho de trece o catorce años, me agarró un día del cuello y me amenazó:

—Quiero que vayas y le busques pleito a golpes a aquel vato. Si le entras, te doy veinte centavos y si ganas, te doy treinta; si te rajas, yo te madreo a ti. ¿Aceptas, Negro?

No quedaba más remedio que obedecer. Aniceto lo hacía por maldad, por diversión, porque disfrutaba ver a dos niños dándose de golpes a puñetazo limpio. Era un genuino hijo de aquel barrio donde no había bondad ni moral. Casi todos eran como yo, huérfanos, hijos de la calle, sin futuro.

El miedo me dio valor y enfrenté al otro infeliz muchachito sonándole un buen trancazo en la cara para tomarlo por sorpresa, y él se defendió como pudo. Teníamos la misma edad, pero él era un poco más bajito que yo, y así no fue difícil ganarle. Las peleas se hacían en un terreno baldío rodeado por una barda; nosotros entrábamos por un agujero en la pared, y a darnos en la madre.

Con los enfrentamientos frecuentes fui agarrando experiencia y mañas para defenderme; me sentía invencible porque casi siempre ganaba y recibía mis veinte o treinta centavos. Hasta que me pusieron de contrincante a un muchacho recién llegado al barrio; muy alto, delgado, le llamaban "La gata", por tener los ojos verdes; era muy callado y pronto empezaron las burlas y los piquetes para que luchara, y él se negaba. Lo pateaban entre dos y él no aceptaba ligarse a golpes con nadie.

—¡Hey, Negro¡—, gritó Aniceto—. ¿Te das un tiro con La gata? Cincuenta centavos si ganas.

Yo estaba invicto, y ver el terror en los ojos de La Gata me hizo engallarme.

—Sí, acepto. Me doy el tiro con él.

Grave, enorme error de mi parte, pues me sorprendió en el primer intercambio de golpes. Conecté uno, dos al rostro del contrincante que era más alto que yo; seguí confiado lanzando golpes y no vi llegar el derechazo directo a mi ojo con el que casi me noquea y me hizo ver estrellas.

—¡Me doy, me doy!—, dije desconcertado, mientras La Gata se quitaba el polvo de la camiseta.

Todos le echaron porras a La Gata y yo me quedé solo, sin centavos y con un ojo morado. Dice el dicho que, a rey muerto, rey puesto, y eso fue lo que siguió. La Gata era ahora el nuevo rey del barrio. Me fui triste a la casa sin comprender a la gente que antes me seguía y ahora me abandonaba por un nuevo ídolo. No imaginé lo que me esperaba al llegar. Martha mi madrina me dijo de todo, insultos, gritos, regaños.

—¡Te me vas a poner a estudiar y te dejas de pendejadas, si quieres seguir conmigo, Juanito! ¿Entendiste?—. Todo a voz en cuello. Sus gritos se escuchaban hasta la acera de la calle.

—Sí, madrina —contesté con voz baja y la cabeza agachada, avergonzado de mi acción, y triste por haber perdido.

Martha no me habló en toda la tarde. Se quedó sentada en la puerta viendo pasar a las gentes. Yo cavilaba en lo que estaba pasando por su mente, y en un impulso me le acerqué, hice una caricia en su frondosa cabellera y le di un abrazo. Como por arte de magia desapareció el enojo y me dio un beso en la mejilla; luego me dijo con emoción:

—Sabes que si te regaño es por tu bien, ¿verdad, Negrito?

Mi madrina no tenía familia, pero yo era su hijo, su "Negrito del alma" como me decía ella, y yo era feliz al lado de ella. Me había alejado de toda la pandilla, y de mis amigos de antes sólo frecuentaba a "Los muertos".

CAPÍTULO 10
MARTHA

Ya te hablé de Doña Mina, Benítez, la mamá de Martha. Ella administraba los sitios de las *luciérnagas,* porque de algo tenía que vivir; pero era muy buena persona y me quería mucho como si fuera su nieto postizo. “Mis hijos no tienen para cuando”, decía resignada. Martha tenía 35, Alejandro 20, Felipa 18 y Federico 9, el más chico, casi de mi edad, y el que más se identificaba conmigo.

En una ocasión, Doña Mina le pidió a Martha que la acompañara unos días a visitar un rancho llevándome con ellas; mi madrina se alegró de poder alejarse del barullo del barrio y de la ciudad, y yo tuve una experiencia maravillosa porque me sentía querido, con una familia si no propia, muy cercana. Doña Mina se refería a mí como “Juanito, mi nieto, hijo de Martha, mi hija mayor”. Pasaron unos días de absoluta felicidad para mí en compañía de aquellas dos mujeres a las que empezaba a querer como si fueran de mi sangre.

Dos sorpresas me esperaban al volver a la ciudad. La primera me dolería en el alma más que cualquiera otra: el regreso de una pareja de Martha con quien ella parecía estar muy contenta. Mi mamá postiza ya no era sólo mía, tenía que compartir su cariño con alguien más que era una nube en mi felicidad y mi amor de niño.

La otra sorpresa fue la llegada de Marina a la casa, y ya sabía que nada bueno podía esperar de Marina. ¿A qué venía ahora? ¿A arrastrarme de nuevo al despego y a la orfandad? ¿A dónde me llevaría? Sólo verla me llenaba de pavor y angustia. Pero Marina ya andaba en otro ambiente y no se preocupaba de lo que a mí me sucediera. Tomó la decisión de yo siguiera al cuidado de otros, y me visitaba una o dos veces por semana, me llevaba al cine a ver "Kalimán" que era uno de mis héroes, luego me regresaba a casa de Martha y ella se iba no sabía yo a dónde. No trabajaba en la colonia ni en los alrededores. Lo tenía yo bien checado, pues todos conocían a las mamás que trabajaban de *luciérnagas,* y nadie en el entorno sabía de Marina. Aún recuerdo a Tere, una de nuestras amiguitas que muy orgullosa decía "Yo, cuando sea grande, voy a estudiar Corte y Confección", y Chabela, otra de las niñas del grupo le contestaba a carcajadas: "No te hagas pendeja; de grande vas a ser puta como tu mamá" Luego que se reponía del sarcasmo hacia Tere, le decía: "No te creas, amigûis. Sé de lo que eres capaz, y qué bueno que aspiras alto. Perdóname lo que dije de tu mami; la respeto y la admiro pues tiene una hija bien chingona" Las dos amigûis se entrelazaban en un gran abrazo. Ambas sabían que sus mamás no habían escogido el ambiente en que vivían, pero ellas luchaban por salir de ese medio.

Ya te había descrito que las casas de las *luciérnagas*, la de Martha incluida, tenían un gran patio común al fondo de las mismas. Había muchos árboles y plantas. En la noche no había luz y el lugar se volvía tenebroso y nadie salía si no era necesario. Fue en ese patio donde escuché la primera historia relacionada con lo paranormal. Corría el rumor entre los vecinos de que en sus casas se aparecían cosas sin saber de dónde venían: frutas, comida variada, etc. El cuento generalizado era que una mujer vestida de negro recorría el patio dejando esas cosas, pero nadie podía verla. Los chiquillos teníamos mucho miedo de que, así como dejaba cosas, se llevara a alguno de nosotros. Eran leyendas que en verdad nos aterrorizaban.

Por esos días, Martha mi madrina entró en una tremenda depresión provocada por el abandono de su pareja. No comía, se la vivía encerrada en la casa tomando cerveza hasta caerse; empezó a perder peso y su apariencia era de un gran abandono y suciedad. A veces recobraba un poco el sentido y, al darse cuenta de mi presencia, empezaba a hablarme entre sollozos:

—Juanito, chiquito, mijo...tú no te preocupes. Tu mamita Martha ahora se siente mal, pero pronto se le va a pasar. Tú estudia, es lo que debes hacer. No dejes nunca de aprender. Yo voy a estar bien. Tú a lo tuyo—, me decía con ternura.

Mi tristeza era igual a mi impotencia por no saber qué hacer para ayudarla. Mi mamita se hundía más y más en el vicio del alcohol; volvió a trabajar como las demás *luciérnagas*, y ni mis besos ni cariños eran suficientes para rescatarla de su vida triste y desgraciada. Empezó a tomar cocteles letales de alcohol y pastillas psicotrópicas que la dejaban sin fuerzas durante horas. Yo sólo lloraba y me quedaba a su lado cuidándola. Mi lealtad hacia ella era firme y profunda. En una visita de Doña Mina me preguntó directamente:

—Juanito, ¿quién le vendió las pastillas a Martha?

Era ya de noche, y desde mi cama donde estaba acostado viendo hacia la pared, le respondí sin vacilar para no delatar a Martha:

—Fue María, abuelita. Ella se las vendió—, dije sin dar la cara porque no quería que me descubriera la mentira. Sólo escuchaba la voz llorosa y quebrada de María suplicando:

—No, Minita, ¿cómo crees que yo iba a hacer eso? Juanito, mijo -, seguía diciendo, —dí la verdad a tu abuela. ¿Verdad que yo no le vendí ninguna pasta a Martita?

Sin voltear a verla, dije resuelto:

—Sí. Tú fuiste. Tú le vendiste las pastas a mamita Martha.

Luego sólo escuché la voz de Doña Mina, fuerte como un trueno:

—Pinche vieja, malagradecida, hija de tu... ¿Así me pagas el haberte ayudado? Pero no te la vas a acabar, pendeja, no te la vas a acabar. Óyeme bien lo que te estoy diciendo.

Se dirigió luego a la mujer que la ayudaba y le dijo:

—Háblale a una "reina" que venga por esta pinche vieja cabrona.

El último recuerdo que tengo de María era su voz llorando a gritos, porque no volví a verla, ni en ese momento ni nunca más.

Aproximadamente un mes después vino mi papá a rescatarme y ya no supe más de esa familia a la que había llegado a querer como si fuera la mía propia.

—Mira, Benítez. La vida da muchas vueltas como dicen. Pasaron muchos años después de esta historia que te he contado. Ya era un joven con inquietudes y sueños, y me inscribí en un gimnasio donde podía practicar la lucha libre, el sueño de mi niñez, pensando en que sería un gran héroe de multitudes, como decían entonces. Entrenaba con entusiasmo, pero mis maestros me veían "muy verde" para lanzarme de cabeza desde las cuerdas. Seguía soñando en llegar a ser un Blue Demon, un Santo el enmascarado, un Mil Máscaras.

En fin, lo que quiero contarte es que durante los entrenamientos me hice amigo de otro luchador o practicante de lucha, que se llamaba Ruperto, un joven regordete, moreno, de pelo largo. Platicábamos de diversas cosas e intereses de ambos, y en una de esas conversaciones le pregunté:

—Oye, Ruperto ¿de qué colonia vienes?

—Vengo de la Garza Nieto, mi buen ¿Y tú?

—De Cadereyta—, respondí en Tono bajo para que no se diera cuenta de mi emoción al oír su respuesta ¡La Garza Nieto!, pensé antes de continuar la plática.

—Fíjate que yo viví en esa colonia cuando era muy niño.

—¿En serio?—, preguntó mi amigo—. ¿Y a quién conociste de ahí?

Tal vez pensó que lo estaba embromando, pero rápidamente le di razón de lo que preguntaba:

—Bueno... conocí a los muertos, a Julia, una vecina de ellos que vivía en la esquina, a Laura su hermana, a Doña Mina y sus hijos; yo viví un tiempo con Martha, la mayor. ¡Oye! ¿Conociste al Chule? Era un chavo como de catorce años que era el terror de la colonia y comandaba a una pandilla como de cuarenta chamacos que lo seguían a donde fuera, todos inhalando de sus bolsitas de cemento y robando al que se le atravesara.

Al escuchar esto último, Ruperto me miró con más admiración y respeto y empezamos a intercambiar recuerdos. "¿Te acuerdas de...?" "¿Sabes lo que pasó con...?" Dejamos de entrenar para enfrascarnos en la nostálgica conversación. Luego, inició una charla que me dejó frío y con un vacío interior muy grande, sin poder asimilar lo que me contó:

—Nombre, cuate. Julia la de la esquina terminó en la cárcel de mujeres y ahí la mataron. Felipa, la hija de Doña Mina también acabó en el tambo, y ahí se suicidó. Martha se quedó trabajando en la colonia y ya está muy viejita; Doña Mina se fue al rancho con sus hijos, los Muertos se fueron pues sus papás fallecieron ahí en la colonia; A Tere ya no la volví a ver...

Y así fueron desfilando por su memoria todos aquellos niños de la calle como yo, con quienes habíamos convivido y participado en juegos. No duré mucho en el gimnasio. Comprendí que no había nacido para eso y me alejé de los cuadriláteros. A mi amigo Ruperto ya no volví a verlo hasta el día de hoy.

Así terminó otro capítulo de mi vida.

CAPÍTULO 11
ROBESPIERRE Y LA MARUJITA

—Vuelvo a mi niñez, Benítez, que es la etapa más significativa de mi vida. Ya te conté que mi padre vino a rescatarme de casa de Martha. Las cosas se estaban saliendo ya de control, y pienso que mi ángel guardián nuevamente cuidaba de mí, enviando a mi padre a que me sacara de ese amargo y triste ambiente en el que, posiblemente, no iba a tener un final ya no digamos feliz, ni siquiera tranquilo.

Marina mi madre verdadera estaba quién sabía dónde desde hacía mucho tiempo, y mi madre adoptada Martha estaba sumida en la depresión y el vicio, sin poder abrir para mí un lugar en su corazón. Yo mismo estaba sumido en la desesperación y la tristeza cuando mi papá apareció de nuevo en mi vida.

Así, me vi viajando al lado de mi padre con rumbo a Cadereyta Jiménez, un municipio situado a una hora de camino desde Monterrey. En el trayecto, mi padre no dejó de hablar con mucho ánimo:

—Mira, hijo. Vamos a ir con mi compadre Robe y te vas a quedar un tiempo en su casa; bueno, no su casa, sino en la de su compañera María de Jesús. Ella es muy buena persona y nos va a apoyar mientras encontramos una casa propia a donde irnos a vivir. Oye, mijo —carraspeando para aclarar tanto la garganta como la mente para seguir diciendo—, este... también te quiero decir que ya no voy a volver con tu mamá, pues me estoy relacionando con otra señora. Se van a llevar muy bien, ya lo verás. Ella tiene dos hijos pequeños que van a ser como tus hermanos menores. ¿Qué piensas?

Antes de que le contestara volvió a decir con Tono lastimero:

—Mira, Juanito, mijo, tú y yo ya no podemos ir por la vida solos los dos. Tengo que trabajar y tú necesitas alguien que te cuide. Por eso he tomado esta decisión de juntarme con esta señora. ¿Estás de acuerdo?

Me quedé callado. ¿Qué podía decir? Mi padre era todavía un hombre joven y se veía ilusionado de empezar una nueva vida, de tener una familia que le ayudara a estabilizarse mental y emocionalmente.

—Sí, papá. Se hará lo que tú digas.

Qué lejos estaba yo de ver el futuro que me esperaba, privado del poco amor que hasta ese momento había recibido. El futuro incierto me deparaba un trato peor y más infernal que todo lo que había vivido anteriormente.

Llegamos a Cadereyta a la pequeña centralita de camiones que estaba frente a la plaza principal, en la calle Hidalgo. Todo nuevo para mí, me fijaba con atención en lo que nos rodeaba. Volteando a la derecha en la esquina se alcanzaba a leer un gran anuncio de un cine “Terraza Rodríguez. Miércoles, gran noche de variedad con grandes estrellas y un grupo norteño. No falte. Precios populares”. Terminé de leer el anuncio y luego fijé la vista en otro: “Relojería y joyería La

Esmeralda. Reparación de joyas y relojes de todas marcas. Atendido por su propietario Robespierre Barbosa Cantú. Su amigo. Horario de 9:00 a 13:00 y de 14:00 a 19:00. Domingo: cerrado" Se leía lo anterior en un cartelito pegado en una pared a un costado de la misma casa. Al consultar su hermoso reloj blanco, de cronómetro de tres carátulas, dijo mi papá:

—Ya pasan de las 2. Mi compadre ya está en la joyería. Vamos a verlo.

Empujó una pesada puerta de vidrio, y al abrirla sonó el tintineo de unas campanas que avisaban la entrada de alguien al establecimiento. Al fondo se veía una vitrina pequeña en la cual se exhibían toda clase de joyas: anillos, cadenas, dijes, esclavas, artículos en oro, todo impecablemente ordenado. Más abajo se veía mercancía variada: correas para reloj, relojes de varias marcas, pedacería de oro y plata y muchos otros objetos. En el centro del local estaba sentado un señor de edad madura y estatura mediana, piel blanca, el cabello muy bien cuidado con un copete muy peculiar y bigote recortado. Lo que llamaba más la atención de su presencia eran los ojos de un color verde acentuado, inexpresivos, lo que lo hacía parecer más enigmático. Al entrar nosotros, el hombre portaba en la cabeza una diadema con lupa de relojero, y estaba concentrado en algún objeto. Al sonido de las campanas, levantó la vista del trabajo y, al vernos, exclamó con júbilo.

—¡Compadre Toño! ¿Cómo estás? Tanto tiempo sin verte. Pásale, pásale, compadre. ¿Ya comieron?

Luego dirigió su inexpresiva mirada hacia mí y me dice con indiferencia:

— ¿Cómo estás, niño?

—Bien, señor—, contesté igualmente sin emoción alguna. No lo conocía, no sabía qué papel iba a jugar en ese viaje cargado de tribulaciones que era mi vida hasta entonces.

—Oiga, compadre —empezó a decir mi papá—, ¿podemos hablar?

—Aquí no, compadre —diría Robe con Tono bajo—. Te veo en la plaza, ¿quieres? Deja que termine de limpiar esta máquina y los alcanzo.

—Está bien, compadre. Ahí te esperamos —dijo mi papá de buen ánimo.

Lo primero que vi al llegar a la plaza, fue un gran kiosco en medio de la misma y muchos árboles muy grandes que daban una gran sombra. A los lados había unas bancas de madera pintadas en color blanco, muy bonitas. En frente, por el lado izquierdo, estaba la Iglesia del pueblo, una hermosa construcción, muy antigua, del año de la Colonia. Mientras llegaba el compadre, mi papá me compró un helado para medio soportar el intenso calor del mediodía. El compadre tardó mucho en llegar, o a mí me lo pareció entonces. Luego de un saludo con un fuerte apretón de manos, Robe le pregunta a mi papá con Tono resuelto:

—¿Qué pasó, compadre? ¿Cómo te puedo ayudar?

—Compadre—, contestó él —me traje a mi hijo, porque Marina lo dejó de nuevo, solo con gentes extrañas; corría un gran peligro en el lugar que estaba. Aparte, compadre, tengo un problema, porque todavía no le digo a Petra, la señora con quien me estoy juntando. Apenas nos estamos adaptando. Quería ver si Juanito se puede quedar con Maruja; así sirve de que le hace compañía. ¿Cómo ves, crees que puedas ayudarme? Será por poco tiempo, en lo que convenzo a Petra.

Robespierre volteó a verme, sopesando la situación, y luego de unos segundos declaró con Tono resuelto:

—Claro que sí, compadre. Nomás deja y hablo con Mary a ver si quiere, y mañana te resuelvo. Si quieres, déjame a Juanito y mañana lo llevo con María de Jesús. ¿Está bien?

—Gracias, compadre—, aceptó mi papá con tono de alivio—. No sé qué hubiera hecho sin tu apoyo.

—Para eso son los amigos, compadre, y tienes razón, sirve que acompaña a la Maruja, pues qué caray.

Tal vez pensó que yo no significaba amenaza o peligro alguno para la señora, de la cual quedé prendado de inmediato cuando me llevaron a su casa. Era una mujer bellísima, de figura delgada, cabello negro y largo hasta la cintura, con una exquisita tez aperlada y ojazos negros, pero con un semblante triste. Al verme, su semblante de melancolía cambió de inmediato por uno más animado y alegre.

Nos caímos bien a primera vista. "La Maruja" como le decían ellos, era muy joven, apenas llegaba a los 25 años y era más cercana a mi edad que a la de Robe. Mi permanencia con Marujita fue la última etapa de felicidad de mi corta vida. Cuando Robe no llegaba a dormir, ella me dejaba acompañarla en la cama. Era muy reconfortante sentirme a su lado, sin ninguna malicia; por mi corta edad ella no corría ningún peligro.

Yo la sentía como una hermana mayor que cuidaba de mí. Como no había televisión en la casa, nos desvelábamos oyendo la radio; a ella le gustaba escuchar la "T" Grande de Monterrey (XET) y su programa favorito con Don Chabelo Jiménez y Felipita Montes. Yo deseaba que se alargaran las horas; mientras ella estaba sentada con su cabello suelto, yo pasaba mis manos acariciando aquella hermosa cauda de pelo y ella permitía la caricia inocente, que me producía calambres en el estómago. Al fin, al dar la medianoche, ella mandaba:

—Ya, Juanito, por hoy es suficiente. Hora de dormir, negrito.

Y mis sueños eran los más bellos que un niño pudiera tener.

Luego, empecé a notar que cuando Robespierre iba a dormir a la casa, por lo regular lunes, miércoles y viernes, Maruja me trataba de manera más fría, como poniendo distancia. Su voz era seria y sus frases cortantes; yo pensaba que quizá había hecho algo malo. Me daba una cobija para que me fuera a dormir a la cocina, mientras ellos se encerraban en su cuarto. Al día siguiente, cuando Robe se despedía, todo volvía a ser igual, una Maruja cariñosa y amable conmigo y mi tristeza y confusión desaparecían.

En seguida de la casa había una pequeña panadería que todos los días nos saturaba el olfato con el aroma del pan recién horneado a las 4 de la tarde. Cierro los ojos y vuelvo a captar ese olor casi celestial, con el que se iniciaba a diario “el ritual de la pasarela”, ejecutado por Maruja, ritual mágico y sugestivo; ahora lo recuerdo así, pero entonces no me daba cuenta. Se paseaba por la habitación con movimientos cadenciosos, diciendo muy coqueta:

—Juanito, nosotros no comemos pan porque nos hace daño, engordo y tú no quieres eso ¿verdad, negrito? ¿Cómo me veo mejor, así como estoy, o más gordita?

—Así estás bien, Mary —le decía con una sonrisa celebrando su alegría y la complicidad que me permitía tener con ella.

—Gracias, Juanito—, respondía ella premiándome con un beso en la mejilla. Todo era inocente. Una joven bonita y solitaria que se divertía sin malicia con un niño.

Unas casas más adelante estaba la tiendita de la esquina, atendida por una pareja de la tercera edad, Don Luis y Doña Elisa; me tenían mucho aprecio y Don Luis siempre me decía:

—Juanito, cuando no tengas para comprar leche o pan, sólo tienes que decirnos. Nosotros te ayudamos con mucho gusto.

—Gracias, Don Luis —contestaba yo sin comprender la razón del ofrecimiento.

En la tienda estaba a veces Paty, una nieta de la pareja; una niña encantadora que parecía irradiar luz de su persona, con su cabello tan rubio y tan largo hasta la cintura, sus ojos azules, piel muy blanca y de estatura muy alta para sus doce años. Ella me trataba de una manera especial y siempre la hacía reír. Yo me sentía tan feliz que se lo conté a Maruja y ella me dijo con un mohin fingido de enojo:

—¿Le gustas a esa niña, Juanito? Y yo, ¿dónde quedo?

No entendí la pregunta entonces, pero cuando tuve más edad y conocimiento de las cosas, pienso en lo feliz que hubiera sido entonces imaginándome como su pareja, aunque fuera en broma.

—Mira, Francisco —continuó relatando Juan—. Te cuento estos momentos amables, dichosos, para mí gloriosos, porque tuve pocos. Cada vez se iban volviendo más y más contados. Repentinamente, en medio de mi gozo por aquel amor platónico de niño, mi padre vino a desgarrar, sin saberlo, todas aquellas ilusiones. Maruja no pudo hacer nada para impedir que me apartaran de su casa y yo tenía que obedecer a mi padre. Pasado el tiempo volví a verla, pero la magia y el encanto de aquella especie de comunión espiritual entre niño—mujer había desaparecido. A partir de ese rompimiento, la maldición me acompañaría como segunda piel en mi existencia. Nada ni nadie volvería a ser amable durante mis años de infancia.

CAPÍTULO 12
LA BORRADA
(MI MADRASTRA PETRA)

Volví con mi papá a Monterrey a encontrarnos con la señora que él había buscado para ser su compañera. En el camino, me repitió de nuevo todo el argumento que me había contado al llevarme a Cadereyta. Que había encontrado a una persona, y que se casaría con ella, que al fin había encontrado la felicidad, que tendríamos una familia para no estar solos, que bla bla bla.

—Juanito, mijo, ¡Tu mamá nos abandonó! ¿Ya lo olvidaste? Esta buena mujer se hará cargo de ti. Ya te había platicado que ella tiene dos hijos que serán como tus hermanos. ¿Qué te parece?

—Lo que usted diga, papá—, contesté ¿En verdad iba a contar mi opinión? Sentía que sólo era una justificación por el abandono en que me habían criado desde niño, siempre en casas de extraño, o que a él mismo le pesaba la soledad. Cualesquiera que hubieran sido sus motivos para unirse a aquella mujer, mi padre me encadenó a una etapa de crueldad y vileza.

Llegamos por fin a la colonia donde iba a conocer a la "buena mujer" que mi padre me había descrito. Me asombré de ver una casa grande con ventanales al frente y un porche que a mí me pareció enorme. Mi papá tocó a la puerta y al momento siguiente salió una señora de edad avanzada; su mirada era dulce, estaba vestida totalmente de negro y el cabello recogido en un gran chongo sobre la coronilla. Con gran educación saludó a mi papá:

—Don Toño ¿cómo está? Pase, pase, esta es su casa. Ahorita le llamo a Petra.

Entramos y nos sentamos en un sofá algo antiguo pero cómodo. Cuando la señora se perdió de vista en el interior de la casa, mi padre me dijo muy animado:

—Petra es una buena mujer, mijo...

No terminó la frase porque en ese momento apareció mi futura madrastra, mi futura pesadilla, aunque yo no lo supiera en ese momento, y si lo hubiera sabido, yo no estaba en posición de remediar nada.

Entró en la habitación una mujer regordeta de estatura baja, tez aperlada, pelo rizado y negro, muy negro. Lo que más destacaba de su presencia eran unos ojos verdes pálidos, como uvas verdes, dando la impresión de que no tenían luz. La mirada fría e inexpresiva, enmarcada por un rostro angulado que no demostraba emoción alguna.

Cuando fijó su mirada en mí sentí un estremecimiento como nunca había sentido ni en los momentos más aterradores de mi corta vida. Con Tono indiferente me dijo:

—Así que tú eres Juanito.

Y sentí cómo su mirada me recorría desde la crisma hasta la suela de los zapatos.

—Bien, Juanito. Yo soy Petra y seré tu mamá ¿Estás de acuerdo?

—Sí, señora Petra —atiné a decir sintiendo que me iba empequeñeciendo más y más cada minuto que pasaba junto a ella.

—Petra no. Dime Borrada. Así me dicen todos —dijo con voz fría.

Apenas podía reponerme de la impresión. Escuché a Petra, o La Borrada, o como quiera que ella deseaba ser nombrada por los ojos verdes o "borrados" como les llaman en el norte, decirle a la señora vestida de negro:

—No, no te preocupes, tía. Gracias. Aquí estamos bien.

Luego, dirigiéndose a mi padre:

—Toño, vengan para acá. Aquí nos instalaremos

Se encaminaron abrazados y yo los seguí con docilidad. Pasamos por un corredor, y al final estaba una cocina de regular tamaño; una puerta daba a un patiecito de cemento de unos dos metros de largo por el ancho de la casa, y al fondo se encontraba un cuarto. No recuerdo las medidas, pero era grande; había una estufa pequeña, dos camas, un catre pequeño, un ropero mediano con un espejo, una mesa y cuatro sillas, un radio arriba del ropero y un aparato de televisión; ese sería mi hogar a partir de ese día.

En la pared había fotos de unos niños de aproximadamente 4 y 5 años y me acerqué a verlas; al ver mi interés por las fotos, La Borrada me dice con Tono feliz y de orgullo:

—Son mis niños, Luis de cuatro años y Beto de cinco.

Declarado lo cual, volvió a su actitud fría y distante. Yo sólo veía a mi alrededor sin decir nada y pensar mucho; como por arte de encanto, en mi mente se iba dibujando la palabra "resignación" y se quedaría grabada como impronta que no se borraría jamás.

Me inscribieron en la Escuela Primaria "Club de Leones N° 3" donde fui muy feliz. Estudiaba y leía todo el tiempo adelantando clases, de manera que siempre respondía primero cuando preguntaban los maestros. Ese deleite por los libros y por aprender ha sido mi más fiel compañero hasta hoy. En la Primaria gané concursos de Ortografía y Lectura; a veces asesoraba a compañeros que iban en grados superiores. Cuento esto para que puedas entender que no me interesa tener títulos universitarios ni distinciones académicas. Estoy contento con lo que leo y aprendo cada día.

De mis logros en la escuela no se enteraba mi papá, y La Borrada menos, pues sólo tenía ojos para sus hijos. Mis compañeros y maestros eran quienes me animaban a seguir luchando por la superación. Ellos eran como mi familia, la única que tenía entonces.

A los pocos meses de vivir en aquel cuarto, por alguna razón que ignoraba e ignoro hasta hoy, nos cambiamos a Cadereyta Jiménez. Me veo en mis recuerdos en una casa de renta a la entrada del pueblo, con tres cuartos, y un patio muy grande que compartíamos con los vecinos de al lado; eran buenas personas que formaban una familia muy bonita. Doña Amalia y Don Óscar tenían dos hijas muy bonitas, Eva la mayor que iba a la escuela secundaria y Eva la más chica. Los menciono porque me llevaba muy bien con ellos y pasando el tiempo fueron mi paño de lágrimas y consuelo para lo que en seguida te platico.

Cual viuda negra, La Borrada empezó a tejer su telaraña de maldad en mi contra, aprovechando que mi papá, por su trabajo, estaba poco tiempo en la casa.

Cuando él llegaba de trabajar, ella lo cargaba de quejas contra mí, que resultaban con tremendos cachetadones de mi padre, y estrellas en la frente para los hijos de ella. Y así fueron transcurriendo los meses entre acusaciones y maltratos.

Me inscribieron en la única escuela que había en el pueblo en ese entonces, "Miguel Hidalgo y Costilla" y de nuevo llegaban los escasos ratos de felicidad a mi vida. La escuela era lo mejor para mí, casa, refugio, mi todo, y seguía con mis logros académicos. En Monterrey decían que era aplicado; en Cadereyta que era "guapo" como les decían a los alumnos aventajados. Se acrecentaba mi pasión por los libros.

Mi vida iba transcurriendo de manera normal hasta donde la situación lo permitía junto a La Borrada. Esta normalidad habría de acabar una tarde en que llegué muy contento de la escuela; la mujer estaba lavando los trastes mientras sus hijos estaban en la siesta. Me llamó poderosamente la atención el gesto amable con el que se dirigió a mí. La amabilidad no era parte de su naturaleza y además de eso, nunca me tomaba en cuenta para nada. Por eso era tan extraño todo el episodio. Con tono inusual por lo meloso me dice:

—¡Qué bueno que ya llegaste, Juanito! Ven, dame un beso.

Desconcertado ante tanta amabilidad, pensé que estaba borracha, pero no quería contrariarla ni que se fuera a quejar con mi papá, así que me acerqué por un lado para darle un beso en la mejilla; pero al acercarme, ella giró el rostro y me puso sus labios en la boca, para luego forzarme a abrirla y meter la lengua. No sabía lo que estaba pasando, sólo sentía su lengua acariciando mi paladar en un vaivén extraño; mi cuerpo se estremeció por completo con una sensación que nunca había experimentado. El encuentro duró poco, segundos, un minuto, no lo sé.

Pasado el desconcierto, me vi atravesado por su fría mirada mientras me decía:

—No se lo cuentes a nadie. Este es nuestro secreto.

Yo no podía salir del shock ni de la sensación de asco que me invadía. Solamente pensaba por qué ella había hecho eso. Me volví a verla, pero ella siguió con su actividad como si nada hubiera pasado.

Luego de este incidente, los castigos se hicieron más frecuentes. A ella le enfurecía que yo tuviera amistad con los vecinos, y cuando me veía platicar o jugar con ellos, el castigo invariable era hacerme permanecer de pie en una esquina de la casa, volteando hacia la pared con los brazos extendidos por horas; si me cansaba y los bajaba, eran seguros los cinturonazos en las posaderas.

—¡Esto es para que aprendas y no andes de chiflado con esas güercas babosas! Te va a ir peor la próxima vez ¿Entendiste, cabroncito?

Llorando le rogaba:

—¡Ya no me pegues, Borrada! ¡Ya no me pegues, por favor!

Ella con voz triunfante respondía:

—¡Así me gusta! ¡Que aprendas la lección!

Cuando yo le contaba a mi papá de estos castigos, ella con voz muy suave le decía:

—Ay, Toño, es que tengo que corregirlo porque es muy travieso y no me hace caso. Lo castigo porque mira lo que le hizo a Beto

Y se inventaba toda clase de mentiras para convencer a mi padre. Al final, él terminaba regañándome.

En una ocasión en que estaba viendo la televisión con mis hermanastros, uno de ellos se acercó y quiso darme un beso en la mejilla en el momento en que La Borrada entraba al cuarto; yo me hice a un lado para zafarme del beso, y la desalmada mujer empezó a gritar:

—¡Cómo te atreves a besar a mi hijo, güerco cabrón! Ya verás cómo te va ir cuando llegue Toño. Te voy a acusar. Esto no se va a quedar así.

Esta vez el castigo no vino de ella, lo que en ese momento me alivió un poco; lo peor vendría después al llegar mi padre y escuchar la acusación de aquella malvada. Mi padre no me habló, pero sus ojos echaban chispas, y sin decir "agua va" me plantó tremenda bofetada que me hizo ver estrellas y caer al suelo. Después de ese incidente, no volví a acercarme a los niños, pues no tenía manera de defenderme si mi padre no me creía y se ponía del lado de la infame mujer cuando yo me quejaba de sus maltratos. Empecé entonces a refugiar mis penas y llantos en los amables hombros de mi vecina, buscando consuelo para seguir luchando por sobrevivir.

Pero la perversa mujer iba cada día más allá con sus mentiras. Una mañana a, al llegar mi padre a la casa, lo primero que le dijo, antes de saludarlo siquiera fue:

—¡Toño! A ver qué haces con tu hijo. Me lo encontré jalándose aquello, y no quiero ese ejemplo para mis hijos.

Mi padre, que llegaba cansado de trabajar, sólo movió la cabeza y con tristeza me preguntó:

—¿Qué voy a hacer contigo, Juan? Dime, ¿Qué te pasa?

No dije palabra ninguna. Me quedé mudo mirando al piso. Sabía que no valía la pena discutir por una mentira que mi padre daba por verdad. Lo vi a la cara para decirle:

—No volverá a pasar, padre. Se lo prometo.

Él sólo se alejó moviendo la cabeza. Pero La Borrada, al ver que su mentira no había resultado en castigo alguno de mi papá, redobló los propios aumentando la maldad y la injusticia. Ya no sólo me obligaba a permanecer de pie en un rincón de la casa con los brazos extendidos, también mis manos debían estar con las palmas hacia arriba y cargando libros pesados en cada una.

Pero aquella humillación no le parecía castigo suficiente. Me amenazaba advirtiéndome:

—Y no te muevas, cabrón, o te va a ir peor.

¿Había algo peor? Pues sí, lo había. En mi indefensión por el temor de ser castigado más duro, ella me hacía objeto de toda clase de perversidades carnales que por respeto a ti no detallo. Humillado, llorando y temblando de miedo, sólo pensaba en que terminara ya el castigo.

No tenía a quien recurrir, me sentía más solo que nunca prisionero de aquella horrenda situación de abuso, de humillaciones constantes y desprecios. No había entonces tal cosa como la protección al menor, pero igual, ¿a quién iba a contarle lo que estaba sucediendo? Mi único escape consistía en la escuela donde era feliz. Ahí estaba mi mundo mágico, del cual no quería irme jamás.

Pasaron varios meses desde el último castigo; había sido un tiempo de tranquilidad total. La Borrada había refrenado su mala voluntad hacia mí, y me trataba bien, pero distante.

Ya te había contado que mi papá era *barman* y trabajaba de noche. Recuerdo muy bien la cara de felicidad que tenía al llegar una mañana a la casa diciéndole a La Borrada:

—¡Vieja! ¡Vieja! Compré un lote en la loma. Es un cerro que está en las afueras del pueblo; lo están loteando y aproveché. Ándale, prepárate para ir a verlo.

Abordamos el auto Falcon de mi papá los cinco: él, La Borrada, sus hijos Luis y Beto, y yo. Como eran pocas las ocasiones de salir, yo imaginé el viaje como una aventura colmada de sorpresas y emociones. Grande fue la desilusión al llegar al terreno; como había dicho mi padre, era un gran cerro con pequeñas lomas irregulares y árboles de la región: palmas, biznagas, arbustos con flores y muchas hierbas. Corté un manojo y pregunté qué era aquella planta de pequeñas hojas verdes y un olor delicioso.

—Es poleo —contestó mi madrastra con voz seca—. ¿No la conoces, o qué?

Mi curiosidad no se detuvo y seguí caminando cada vez más lejos de ellos por un sendero ya trazado. De repente, ví que a lo lejos pasaba un río muy ancho. Continué con mucho cuidado por el sendero que bajaba hasta el río y quedé maravillado por tanta belleza que veía. Luego, escuché risas de jóvenes que corriendo se adentraron en las aguas del caudal. Uno de ellos, sin conocerme, me gritó:

—¡Hey! Vente a bañar, el agua está con ganas y no está hondo.

Yo absorto contemplaba aquella escena con emociones encontradas por la belleza del paisaje, por la camaradería del grupo de jóvenes, porque era la primera vez en mi vida que estaba en pleno contacto con la naturaleza. Te aseguro, Benítez, que me dieron ganas de llorar. De repente, uno de los muchachos se zambulló en el agua y salió de la misma con algo en sus manos.

—¡Miren lo que encontré! —gritó alegre alzando un objeto de color gris- ¡Manuel! ¡Encontré una tortuga!

Los gritos alegres se multiplicaron y ellos se alejaron con su trofeo. Yo quedé parado, aprisionando en mi mente un recuerdo imborrable de una experiencia muy significativa en mi infancia.

Me encaminé de nuevo por el sendero para ayudar a limpiar y mover piedras del terreno que, en un futuro cercano, habría de ser nuestro hogar. Volvíamos cada semana a limpiar el terreno y mi felicidad no tenía límites al estar en el río, un aliado más para obtener paz y tranquilidad. Pasaba largas horas viendo hacia dentro de mí mismo, como dijo John Lennon en una canción, hasta que llegaba la hora de regresar a la casa de renta.

Su compadre Robe nos acompañaba a veces, y no hubo ocasión en que no le reprochara a mi papá la compra del dichoso terreno.

—Pero Compadre. Mejor compre una casa en el pueblo. Aquí está muy feo y va a estar difícil la vida, sin agua, sin luz. ¿Ya pensó en la comadre y los hijos de ella?

A mí ni me nombró, pero no le di importancia ni apreciaba sus reproches. ¿Agua? Ahí está el río. ¿Luz? Hay quinqués. Mi mente de niño no hallaba dificultades. Con el tiempo, cuando finalmente tuvimos que habitar esa casa construida en el cerro, entendí que el compadre Robespierre tenía absoluta razón, Habían pasado ya no sé cuántos meses de habitar la nueva vivienda. Yo estaba tranquilo, y en mi mente de niño sólo tenían importancia dos cosas: la primera, el río bienhechor y cómplice donde pasaba largas horas observando a las tortugas asoleándose sobre una roca mientras yo me entretenía lanzándoles piedras. La segunda, la escuela, que era mi refugio y madre protectora, a la cual iba todos los días a pie porque en ese entonces no había camiones de transporte local. Bajaba del cerro por una vereda entre lomas hasta llegar a la carretera, luego cruzaba el viejo vado que comunicaba al pueblo y seguía de frente hasta llegar a mi segundo hogar.

Una de mis pocas diversiones después de la escuela era juntarme con un vecino llamado Raúl, quien vivía enfrente de la casa, para ir al monte a buscar víboras, arañas, ratones de monte, etc., acompañados de su perrita tipo Husky siberiano, muy bonita y fiel, pero muy brava, que nos cuidaba en nuestros paseos.

Estos que yo consideraba pequeños lujos de mi existencia tenían un precio, pues La Borrada me hacía pagar con sus malvados caprichos. Como no teníamos agua en la nueva casa, ella me mandaba a acarrear el líquido desde una noria comunitaria. Había que hacer largas filas hasta que llegara el turno, y luego a sacar agua de aquel pozo, llenar los botes de lámina de 20 litros de los que se usaban para el aceite, arreglados para cargarlos en los hombros con un madero al cual estaban sujetos por sendos cables colgando del mismo.

—Imagínate, Benítez —continuó, involucrándome en el triste recuerdo—, un niño de 11 años, de cuerpo pequeño, doblegado por aquel peso, caminando un kilómetro entre lomas y en subida dos veces al día.

A veces escuchaba a las vecinas en la fila:

—La Borrada ya ni la chinga, Chanita. Mire que dejar que el pobre niño cargue con los botes de agua mientras ella está de fodonga. Y Don Toño también, oiga. ¿Acaso no ve cómo le tratan al hijo? Pero qué podemos hacer —diría Pachita.

Chanita sólo se encogió de hombros. Su silencio decía todo. "Le tienen miedo a La Borrada", pensé para mí, y me recosté en la lomita mientras me llegaba el turno.

Se le agregaron dos cuartos a la casa, más una cocina de tamaño regular, y a un lado de ésta una pileta grande de cemento para almacenar agua para el lavado de trastes, de ropa y otras necesidades, según escuché decir a mi papá. No le di importancia en ese momento porque ya empezaban a llegar a la colonia pipas que por una cuota llenaban tambos, tinas, pilas, lo que fuera.

No vi llegar lo que se me venía encima. La maldad se había apoderado de esa casa en la figura de aquella perversa que sólo estaba ideando cómo fastidiarme. Por su capricho, las pipas no iban a surtían la pileta ni tambos ni nada en esa casa que no era mía, y como era época de vacaciones, La Borrada me levantaba a cualquier hora en la madrugada para acarrear agua de la noria y llenar la pileta. Tenía que obedecer los mandatos para evitar los golpes seguros, ya fuera con un cinturón o con un cable, dependiendo del humor de mi verdugo. La imaginación de aquel monstruo no tenía límites cuando de castigos se trataba.

Me quejé con mi padre y el único consejo que expresó fue:

—Aguántese, mijo. ¡Ya tenemos una familia! Sólo agache la cabeza.

No podía decir nada. Sólo pensaba en vivir el presente teniendo de consuelo mi río y mi escuela. Ellos me sostenían emocionalmente.

Por ese tiempo en el que entraba yo a la pubertad, la colonia se fue poblando de nuevos vecinos, y muchas niñas de mi edad me buscaban para jugar en cualquier momento del día; esto le causaba a La Borrada un gran celo inexplicable para mí; ya había percibido antes los celos que tenía de Maruja. La explicación la tuve una noche de intenso calor en que no se quedó con las ganas y violentó mi inocencia obligándome a tener trato carnal con ella; a esa noche seguirían más, aprovechándose de mi indefensión y de que no tenía yo a quien recurrir.

Cuando estaban presentes los amigos, ponía su mejor rostro fingiendo amor maternal, pero estando solos todo eran mordidas, pellizcos, abusos y amenazas:

—No digas nada cabroncito o te va a ir peor. ¿Estamos?

Aunque ganas no me faltaban, no podía decir nada. Todavía era un niño a quien nadie protegía de aquella harpía. El colmo de sus celos se manifestó cuando vino de visita su hermana Lita, una joven aperlada, delgada, de unos veinte años, y que me tomó cariño a pesar de la diferencia de edad pues yo andaba en los once o doce. Siempre estaba conmigo, pegada como estampilla. Cuando veía a La Borrada, ésta me hacía con la mano un ademán de "Me las vas a pagar, cabrón".

Lita parecía estar feliz a mi lado porque siempre se reía para preguntarme:

—Oye, Juanito ¿Y ya tienes novia, picarón?

—No, Lita. No tengo novia —contestaba turbado—.

—¡Ah!, ¡Qué bien! Entonces serás mi novio; ¿no quieres ser mi novio?

No contesté nada porque en ese momento entró La Borrada a la cocina y con voz fría preguntó:

—¿Qué hacen aquí? ¿Por qué están tan juntitos?

—Nada, mana —aseguró Lita—. Juanito que me contaba de sus novias, ¿verdad, chiquito?

De los ojos de La Borrada salieron destellos como dagas que me traspasaban. Cuando se fue Lita, el castigo fue mayor, pero ya no me dolía tanto, o me iba acostumbrando. Su forma favorita de castigo era el siguiente: no habiendo electricidad en la casa, cada noche tenía que abanicarla alrededor de su cuerpo para espantar los zancudos. Después, ir a la noria y cargar agua para llenar la pileta; y todavía tenía que limpiar la casa. Sí, parece cuento de la Cenicienta, pero en mi caso no es cuento de hadas, sino de brujas.

¿Por qué los vecinos no hacían nada? Sólo murmuraban:

"¡Qué gacha La Borrada! ¡Cómo se ensaña con Juanito! ¿Lo sabrá el papá de él?"

Si lo sabía, mi papá nunca hizo caso. Él sólo quería estar en paz. Era una persona sociable, amigable, buen vecino. Los viernes que eran sus días de descanso invitaba a los demás a cenar; compraba una gran cantidad de carne para asar y la preparaba en la pequeña estufa de la casa. Iban llegando los invitados y él los recibía con mucha alegría.

—Gracias, Toño, por invitarnos.

—Pasen, pasen. Están en su casa —respondía él.

Todo iba bien hasta que nos sentábamos a la mesa. La Borrada siempre encontraba el modo de sentarse a mi lado, para recetarme un pellizco, una patada, un pisotón, acompañados de aquella mirada dura y fría advirtiéndome: "No agarres, cabroncito". Ella no podía hacer nada cuando mi padre ponía un trozo de carne en mi plato. La costilla me sabía a hiel. Prefería levantarme e ir a dormir, y al voltear a ver a los comensales me encontraba con la mirada fría de la maldad que sin hablar me decía:

—¡Así me gusta, cabrón! Que entiendas.

Algo cambió en mí cuando Lita se fue. Sentía que aquella linda joven me apoyaba, me entendía. Recordaba sus palabras antes de marcharse:

—Juanito, si no estás a gusto aquí, sólo avísame y yo vengo por ti, chiquillo.

Después me daría un dulce beso rozando apenas mis labios. Ese recuerdo de su promesa me hizo fuerte y empecé a contestar a todo lo que me ponía descontento o fuera humillante. Se convirtió en un duelo de poder y La Borrada sólo atinaba a decir mientras me daba tremendo bofetón:

—¡Pinche güerco socarrón! A mí no me vas a ganar, ¿entiendes?

Yo me mantenía firme en el desafío. No le decía nada, no me quejaba y hasta ponía la otra mejilla. Esto la desconcertaba y más la enfurecía, gritando como loca:

—¡Ah! ¿Me retas, cabroncito? Vamos a ver lo que dice tu padre.

Mi padre sólo respondía a cualquier queja:

—Juan, ¿por qué eres así?

¿Acaso él no se daba cuenta de la maldad que se había apoderado de su casa, o no le importaba?

Hasta el día de hoy, no se me olvida la última paliza que me dio la depravada. Era un viernes y había faltado a la escuela. A media mañana me ordenó llenar la pileta con agua de la noria; sólo que esta ocasión mi respuesta fue un rotundo:

—¡No! Que venga la pipa —dije resuelto.

Desconcertada por mi respuesta temeraria, después de unos segundos reaccionó para gritarme:

—¿Muy machito, cabrón? ¡Pues aquí tú no mandas!, Así que ¡A chingar a tu madre, cabrón! ¡Órale, a ver quién te aguanta!

Salí de la casa y corrí peleando por mi vida. Corrí todo el tiempo desde el cerro hasta la plaza del pueblo, y llegué a la joyería de Don Robe. Él reparaba un reloj en el momento en que llegué, y cuando me vio sudoroso y cansado por el esfuerzo me preguntó:

—¡Juan! ¿Pues qué hiciste?

—Nada, Robe. Me porté bien, pero La Borrada me corrió. Me dijo "lárgate a chingar a tu madre, cabrón". Y aquí estoy porque no tengo a dónde más ir.

Pensé que se iba a alegrar de mi hazaña de haber sido capaz de abandonar aquella casa infausta, pero con voz fría e indiferente preguntó:

—¿Sabe mi compadre Toño lo que has hecho?

—No —dije triunfante.

—Bueno. Aquí te quedas en la casa. Después veremos qué pasa.

Eso me tranquilizó. Pasé la tarde con su familia; su esposa me dio de comer y en la noche fuimos a casa de los suegros de Robe. Iba toda la familia. Además de mí, en aquella casa se quedaron esa noche su esposa y los hijos, y al otro día me dejaron ahí. Robe me avisó:

—Mañana vengo por ti, Juan.

Me quedé triste por no saber qué iba a pasar conmigo. Aunque las personas de la casa me trataron bien, no me sentía tranquilo ni a gusto. Como lo prometió, Robe llegó temprano al día siguiente que era domingo.

—Vámonos, Juan.

Dicho con tono indiferente. Yo lo seguí sin tener idea de a dónde me llevaría, y pensé que quizá me llevaba a su casa de vuelta. Pasamos por un lado de su casa con rumbo a la salida del pueblo y pensé, optimista e ingenuamente que me llevaría a casa de Marujita. Mi ánimo fue decayendo poco a poco cuando pasamos de largo rumbo a la salida sin detenernos en ninguno de los destinos por mí imaginados.

Mi corazón dio un vuelco cuando me di cuenta de que me estaba llevando de vuelta a la casa de donde había salido corriendo. Me quedé callado sabiendo que iba como corderito al matadero, cosa que confirmé al llegar y ver la mirada de La Borrada.

—Gracias, compadre, por traernos a Juanito —exclamó con fingida voz de bondad—. Es que se está portando muy rebelde.

—No se apure, comadre; es la edad, se empiezan a poner rejegos y es necesario meterles freno.

—Claro, compadre. Es lo que tengo que hacer con Juanito. Gracias por todo. ¡Oiga! ¿No le dio lata el muchachito?

—No, comadre. Se portó muy bien.

—Pues muchas gracias de nuevo por traerlo, compadre. Yo hablo ahorita con él para que no se vuelva a ir.

—Bien, comadre. Nos vemos, saludos a mi compadre Tono.

—Gracias de parte suya.

En el mismo instante que escuchó el ruido del motor alejándose, el rostro de la gorgona se transformó, y su voz melosa se convirtió en un ruido ríspido de serpiente, dura y fría. Llevó a sus hijos al otro cuarto, y al volver empezó a soltar el veneno:

—A ver, cabrón —dijo arrastrando las palabras—. Conque muy machito, ¿verdad? Pues ahorita te lo voy a quitar, para que aprendas que no ha nacido el cabrón que se burle de La Borrada.

Mientras hablaba, iba sacando de alguna parte un cable largo de luz y empezó a azotarme todo el cuerpo, piernas, torso, brazos, nalgas. Se había vuelto loca de rabia irracional y acentuaba los chicotazos por todo mi cuerpo. Yo sólo suplicaba:

—¡Ya no me pegues, Borrada! ¡Ya no me pegues! ¡No me vuelvo a ir!

Ella sin disminuir la fuerza del chicote, repetía con voz triunfante:

—¿Quién manda aquí, cabroncito, a ver, quién manda? ¿Ya entendiste? Si quiero, te mato. ¡Porque tú eres mío! ¡Mí-o! ¿En-tieeeen-des?

Subrayando con la voz cada palabra y confirmándola con un golpe.

—¡Sí, sí! Ya entendí, pero por favor, ¡Ya no me pegues!

Tan alto fue el volumen de mis gritos de dolor suplicando, que fue necesaria la intervención de las vecinas para detener a aquel engendro infernal antes de que me matara.

—¡Ya déjalo, Borrada! ¡Lo vas a matar! Pobre criatura. ¡Ya te dijo que sí entendió! ¡Ya déjalo!

Detenida por tres mujeres, se fue calmando. Si no hubiera sido por las vecinas, hoy no te estaría compartiendo este testimonio triste y cruel.

CAPÍTULO 13
MI PADRE. EL ADIÓS

Esa fue la última paliza que recibí en mi vida. El lunes en la mañana que llegó mi padre, con el cinturón en la mano se acercó a mí con gesto amenazador.

—A ver, señor ¿Ya se siente muy hombre para abandonar la casa?

Al momento de levantar el brazo para soltar el primer golpe, La Borrada lo detuvo diciendo:

—Ya, Toño; no le pegues, ya lo arreglé yo ¿verdad, Juanito?— dijo con voz delgadita y fingiendo bondad—. ¿Ya no te vas a fugar de nuevo?

—No, padre. Perdón, no lo vuelvo a hacer —dije en voz baja, extrañado de la defensa de La Borrada.

En ese momento yo no sabía nada del Karma y no asimilaba el cambio de actitud de la mujer, su furia hasta casi matarme el día anterior, y mi defensa del lunes. Poco a poco su naturaleza atroz y malvada se fue transformando y con el tiempo ya no me castigaba. Luego supe que un hermano al que ella había querido mucho se había suicidado.

Transcurría el tiempo y La Borrada ya no me obligaba a soportar aquellos terribles castigos. Su carácter se fue suavizando quizá por la pérdida del hermano. Por mi parte, yo seguía acumulando premios y reconocimientos en la escuela. Mis maestros y compañeros me admiraban, pero tengo que decir que para mí era natural estudiar y sacar buenos promedios. La dirección de la escuela me distinguía nombrándome Maestro de Ceremonias en los eventos y mi autoestima se acrecentaba, al menos como buen estudiante.

A mi padre no le importaba eso ni cualquier otra cosa referente a mí. Le enseñaba mis boletas y sólo decía:

—¡Ah, qué bueno, Juan! Sigue estudiando para que seas alguien en la vida.

Sus palabras siempre me acompañan. “Estudia, estudia, estudia”. Mira, mi papá trabajaba como barman, pero tenía una hermosa letra y un vasto conocimiento de muchos temas.

Cursaba ya el sexto grado de primaria y tenía el primer lugar en todas las materias. Mis compañeros me apreciaban y en lugar de tenerme envidia me daban ánimos para continuar. Esa era mi recompensa, Benítez, triunfar en algo que amaba, como era la escuela y los estudios. El día de mi graduación de primaria fue uno de los más felices de mi niñez; me llené de orgullo cuando mi Maestra Carolina se acercó a mi papá para decirle:

—Don Antonio, lo felicito mucho, pues su hijo obtuvo las calificaciones más altas desde que llegó a esta escuela. Es usted un gran padre.

—Gracias —fue lo único que contestó a la Maestra, luego, dirigiéndose a mí, continuó—. Estudie, mijo, estudie, para que sea alguien en la vida.

—Mira, Benítez —dijo haciendo una pausa en el relato—. Te comento que muchas veces tuve el impulso de dejarme abrazar por el río y que la corriente me llevara hasta el final de su cauce, pero siempre me refrenaban las palabras de mi padre, porque en el fondo era mi meta en la vida. "Estudia, estudia para que llegues a ser alguien".

Un consejo demasiado abstracto, cuando lo razono ahora de grande, porque, dime tú amigo. ¿Qué significa "ser alguien"? Todos los seres humanos somos "alguien" ¿no crees? Mientras estemos en el mundo y podamos aportar diferentes habilidades o dones o lo que se pueda. No todos podemos ser José Alfredo Jiménez, o Blue Demon, o Alejandro Flemming. Tú eres Francisco Benítez, yo soy Juan Antonio Morales. Con el tiempo, ese pensamiento me ayudó a estar en paz conmigo mismo. Yo era "alguien". Pero te sigo contando.

Serían las últimas palabras que escucharía de mi padre. Era el 28 o 29 de junio, y él sufriría un infarto fulminante antes de que yo pudiera verlo de nuevo. Por mi edad, no me dejaron entrar al hospital. El sepelio fue muy rápido. En el funeral me vi rodeado de gentes conocidas y desconocidas. La Borrada representó su gran papel llorando a gritos:

—¡Toño! ¡No te vayas!

Su compadre Robespierre tomaba fotos del féretro tratando de quedarse con algún último recuerdo de su compadre Toño. Yo conservo el último recuerdo palpable: la cruz en su tumba en el cementerio, misma que visito a veces.

EL FIN DE MI NIÑEZ

Los primeros días posteriores a la partida de mi padre fueron extraños. Yo me sentía desubicado tanto espacial como emocionalmente. Acababa de terminar la primaria y ya me había inscrito en la Secundaria; era período de vacaciones y yo esperaba con ansiedad volver a las clases, porque los días me parecían eternos sin hacer nada. Muy pronto, mi vida habría de enfrentar un giro brutal.

Como no sabía si mi padre nos había dejado algo para seguir viviendo sin problemas, tomé la decisión de empezar a trabajar mientras se iniciaba el tiempo de estudiar. Un amigo de la familia me propuso llevarme a la pizca de la espiga con la que se fabrican las escobas.

—El pago es poco y el trabajo mucho —me aclaró—. ¿Te conviene, amiguito?

—¡Claro! —afirmé con buen ánimo. La Borrada estuvo conforme.

—Bien, Juan. Nos vemos mañana a las cinco de la mañana porque la jornada es larga. Quince centavos el surco ¿cómo ves, aceptas?

—Sí —confirmé con resolución, sin saber en lo que iba a meterme, pero me animaba el tener la posibilidad de ganar algo de dinero para aportar a la casa. Con el fallecimiento de mi papá había quedado más desamparado que cuando él vivía, a la buena de Dios y a merced de los caprichos de mi madrastra. Yo no tenía más remedio que continuar en esa casa.

Los primeros días en el campo de labor fueron un martirio, por la ignorancia y la poca costumbre. Me levantaba a las cuatro de la madrugada para estar listo cuando pasara a recogerme el señor; llegábamos a las parcelas a empezar a trabajar a las siete de la mañana, sin desayunar y a veces sin comer, porque mi madrasta no se preocupaba de prepararme lonche. A las cuatro de la Comía las sobras que me compartían los otros trabajadores y sufría, pero era feliz porque habían cesado los maltratos y abusos de La Borrada, además, casi no la veía en todo el día. Desde muy temprano en la mañana ya estaba fuera de la casa y regresaba a las seis de la tarde.

Era mi primer trabajo formal y no quería quedar mal con el buen señor que me había animado. Ya había tenido antes una experiencia en una fábrica de escobas donde estuve un solo día y no me gustó, porque pensé que no iba a aprender cosa alguna. La pizca de espiga era una tarea ardua y brutal en la que no había tiempo para comer; a más pizca más paga. Las parcelas eran eternas, o así las veía yo desde mi corta estatura de niño.

Un día estábamos en plena tarea; no hubo sobras de lonche ni agua por parte de mis compañeros. Llegamos al límite de la parcela hasta el inicio de otra; levantamos la vista y divisamos una cabaña en medio del terreno vecino. El jefe de la cuadrilla se acercó a la cabaña y con júbilo empezó a llamarnos:

—¡Hey, muchachos! El dueño no está y hay agua y comida. ¿Cómo ven? ¿Le entramos?

Yo me quedé callado; no estaba en posición de opinar. En ese momento se aparece el dueño del agua y de la comida, y al verme dice con asombro:

—¡Juanito! ¿Pero qué haces aquí, mijo?

—Estoy en la pizca de la espiga, Don Luis.

Yo también lo reconocí como aquel buen vecino dueño de la tiendita, la misma persona amable que años atrás me ofrecía ayuda y quien ocasionalmente me regalaba dulces.

—Oye, muchacho —continuó—, ¿ya no vives con la Maruja? No volvimos a verte.

—No, Don Luis, ya no; ahora vivo con mi madrastra, La Borrada.

Él también conocía la conocía y sólo dijo:

—Ah, caray. Bueno, muchacho, ya me tengo que ir. Oye, ¿ya comiste? No quiero que mi mujer me regañe por volver a la casa sin tocar el lonche.

Soltó una risilla de falso temor y yo le contesté:

—No, Don Luis, no he comido.

—Pues ya está. Les dejo mi comida y el agua para ustedes.

—Muchas gracias, señor —respondimos todos a una voz.

Ya no volví a ver al hombre generoso. Me regaló su comida quizá adivinando el hambre que traía acumulada desde muchos días antes, y me libró de cometer un delito.

En el sepelio de mi padre, en medio del dolor y la incertidumbre de lo que me esperaba en el futuro, una persona a la que no recuerdo me dio un sabio consejo:

—Juan, no te salgas de tu casa. Tu padre la construyó con su esfuerzo y su dinero, y tú, por ser su hijo, tienes todo el derecho de estar ahí. No dejes que La Borrada te arrebate lo tuyo y te eche a la calle.

Mi mente estaba desorientada, el desconcierto me abrumaba porque ya no tenía a quien recurrir. Todavía resentía la que yo consideraba traición de Robe al regresarme a la casa cuando le pedí ayuda; Maruja ya no estaba. Me sentía solo, abandonado a mi suerte, y mi única esperanza era que iniciara de nuevo el tiempo de escuela.

Los familiares de La Borrada se fueron al terminar el novenario a la memoria de mi papá. Ella me llamó y yo pensé resignado, pero con verdadero temor: "Ahora estoy de nuevo a su merced". Era dueña y señora de todo, hasta de mi persona como me lo había advertido alguna vez. Pero mi temor no tenía bases. Con absoluta calma y voz serena me dijo:

—Mira, Juanito, nos hemos quedado solos; yo soy tu única familia ahora; tu madre no da señales de vida. Sé que he sido mala contigo, pero te prometo cambiar mi conducta. ¿Quieres que seamos amigos?

—Sí, está bien, seamos amigos—. Dije en voz baja.

En ese momento de tribulación no me quedaba otro camino que tratar de llevarla en paz con ella. Después me dio un abrazo muy fuerte, esta vez sin beso, solamente un "Gracias, Juanito".

Empezaron las clases en la escuela Secundaria. El primer mes fui muy feliz; estaba tranquilo y en paz. Podría ser un perro en esa casa, un animal al que La Borrada no trataba mal, pero tampoco muy bien. Un animal al que se alimenta por costumbre, no por cariño. No me daba dinero para camión, y tenía que caminar mucho para llegar a la escuela. Un matrimonio joven había llegado a la colonia; todavía no tenían hijos y me ayudaban con un peso diario; y no olvido nunca a estas dos hermosas personas. Su generosidad me ayudó a seguir estudiando.

Dos meses después del fallecimiento de mi padre, una tarde volví de la escuela y no había nadie en la casa. Me pareció raro, pero no le di importancia. Saqué mis libros y me puse a hacer la tarea. Estaba tan absorto en un resumen que no escuché entrar a La Borrada, y sólo me regresó a la realidad su fuerte risotada dentro de la casa. Pero esta vez no venía sola; junto a ella estaba parado un hombre delgado, de cabello rizado, que traía de la mano a Beto, uno de los hijos de ella y el otro detrás de la pareja.

—¡Mira, es mi papá verdadero! —dijo el niño.

Quedé mudo y paralizado totalmente por la impresión. La Borrada se acercó y continuó con la tenebrosa historia:

—Oye, Juan, quiero que conozcas a Luis. Él era mi

pareja antes que Toño y es el papá de Luis. Él va a vivir ahora con nosotros. Tú estás de acuerdo ¿verdad?

No entendía nada, aturdido por tantas palabras infames. ¿Por qué me decía eso? El hombre ya estaba ahí y ella, veladamente, me había ordenado estar de acuerdo. Volvía el desconcierto, el miedo a un futuro más terrible a merced de dos personas que no eran de mi familia y nadie a quien recurrir.

Las críticas de las vecinas se multiplicaban por aquella acción.

—¡Pero qué poquísima madre de La Borrada! Mira que meter al pelado y Don Toño todavía tibio en su tumba.

Yo no podía pensar siquiera en escaparme. La última huida tuvo graves y dolorosas consecuencias que no quería volver a sufrir. Me resigné porque no contaba con el apoyo de nadie, ni siquiera del compadre Robe cuando se enteró, así que traté de adaptarme lo mejor que pude a esta nueva e imprevista situación. Mucho tiempo después me puse a pensar que quizá había sido un plan malvado de La Borrada al llevar de repente a este sujeto. Pasaba el menor tiempo posible en esa casa que no consideraba de mi propiedad, aunque otras gentes me dijeran lo contrario.

En una ocasión que volví de la Secundaria, al entrar me llegó un tufo de hierbas quemadas. La Borrada y Luis, al que todo mundo llamaba "Tontín" por alguna razón que nunca supe, estaban en la cocina fumando un gran cigarro de marihuana, sin importarles que en la misma casa estuvieran dos niños menores. Al verme, ella me dice a gritos:

—¡Ay, Juan! ¡Si no estamos haciendo nada malo!

Luego dirigiéndose al hombre le dice:

—¿Verdad, Tontín, que no hacemos nada malo?

—Claro que no, vieja. Nos estamos divirtiendo sanamente como dos adultos.

Luego soltó una carcajada. Me fijé en que los dos tenían los ojos rojos de personas drogadas, evidentemente. Siguió diciendo:

—Es más, Juan; te invito a que te unas a nuestra fiesta, muchacho. Ya eres grande.

—No, gracias —contesté enrabiado.

— ¡Ándale! —Insistía—, sólo una chupadita.

—Te vas a sentir bien —siguió La Borrada en medio de una carcajada.

—No, gracias —rematé dejándolos solos.

Salí al patio a llorar de impotencia, de dolor en el pecho al recordar la misma escena en el transcurso de mi vida; primero Marina, luego Martha, y ahora también mi madrasta entregada al vicio de las drogas. Arranqué corriendo para el monte, descontrolado, con la mente dando vueltas por el desamparo en que me sentía, más aguzado ahora. Llegué hasta la orilla del río y su cauce sereno me fue tranquilizando. De repente, razoné en que no había visto a los niños. ¿A dónde los había mandado? Vi mi niñez reflejada en aquellos chiquillos, descuidados por su madre.

Después del incidente, no hubo más manifestaciones públicas de su vicio ni se volvió a tocar el tema. Se iban a la cocina a soltar la rienda. Yo no existía para ellos, y a mí eso me convenía; me perdía en el monte y regresaba hasta la noche, entrando en la casa hasta comprobar que estaban durmiendo.

El monte y el río eran mis refugios de consuelo; los vecinos, aunque se daban cuenta de lo que sucedía, no hacían nada por temor al carácter infernal de La Borrada y a la fuerza física de su compañero "El tontín", quien había sido boxeador.

Un día 24 de junio regresé de la escuela en la tarde, y no había comida, pero ellos tenían una gran fiesta. Me acerqué a ver de qué se trataba el barullo, y saludé al Tontín con todo respeto:

—Hola, Luis ¿Cómo estás?

—Bien, Juanito. Oye ¿no te tomas una cubita?—, preguntó con voz ya medio suelta—, estamos festejando tu día del santo.

—No, gracias, Luis. Tengo que ir a la escuela mañana temprano.

Se acercó La Borrada que había alcanzado a escuchar la conversación, y medio achispado por la bebida intervino:

—Vamos, Juanito, no seas ranchero. Mira que te estamos festejando, no seas malagradecido.

—No, gracias —repetí tratando de que mi voz se escuchara sobre el ruido de la consola de pilas que mi papá le había regalado a ella, y que sonaba a todo volumen.

—¡Pues si no tomas, no comes, Juan! —lanzó en ultimátum, dirigiéndose luego al Tontín con la mirada perdida—, ¿verdad, viejo?

—¡Claro que sí, lo que diga mi vieja! Aquí su palabra es ley —aprobó el Tontín con el cerebro embrutecido por el alcohol.

No tenía más remedio que hacer lo que me exigían, por temor a sufrir los feroces castigos de antes. Me sirvieron una cuba libre de Ron Castillo con Coca-Cola, la bebida predilecta de La Borrada. Me sirvieron uno, y otro más, y otro, tantos que perdí la cuenta y la cordura. Canté imitando a Julio Jaramillo, y en medio de la borrachera me aplaudían. Conté historias de cuánto me quería mi Maestra en la Secundaria, que me perdonaba mis travesuras con los compañeros a quienes les hacía bromas y los molestaba, y mis conquistas con mis compañeras que me seguían por toda la escuela.

—Ah, que Juanito —dijo alguien en medio de las carcajadas—, eres todo un galán, cabrón, ¿verdad?

Desperté con el canto del gallo y me fui a bañar al río para despejarme de la borrachera de la noche anterior. La vecina que me ayudaba me dio un peso para el camión, y preocupada me preguntó:

—Juanito, ¿estás bien?

—Sí, Magda. Muchas gracias por ayudarme.

Tomé el camión y no sé cómo llegué a la escuela. A media mañana empecé a sentir con fuerza los efectos del alcohol. No había desayunado y con el estómago vacío el malestar era peor. Una sensación desconocida me invadía, acompañada del pensamiento de que iba a morir y entraba al purgatorio. Me fui a los últimos bancos del salón para no ser descubierto, me tapé el rostro con un libro y traté de reponerme. La maestra daba clase y de repente dijo:

—A ver, Juanito ¿por qué tienes ese libro? No te puedo ver bien. ¿Te pasa algo?

—No, maestra —contesté tratando de que mi voz se escuchara normal—, es que me estoy sintiendo mal. En eso se escucha la voz de Calixto García, el chismoso de la clase:

—¡Maestra!, Juan anda crudo, por eso está así.

La carcajada sonora de 40 alumnos al mismo tiempo pareció cimbrar las paredes del salón. Yo sólo deseaba que la tierra me tragara o en morir en ese instante. No merecía lo que me estaba pasando.

La maestra me sacó del salón inmediatamente para llevarme con la directora de la escuela. Ella era una magnífica persona y me tenía aprecio, por lo que se sorprendió al verme en ese estado. No me regañó, y con verdadero interés me preguntó:

—¿Qué te pasa, Juanito? Tengo excelentes referencias de tu persona, de tu comportamiento como alumno, el mejor del plantel. A ver, dime lo que sucede.

Después de explicarle la bochornosa experiencia sufrida, la directora me perdonó la expulsión, que era automática por la falta presentada.

—Juan, mira. No te voy a expulsar pues eres un alumno ejemplar y mereces una segunda oportunidad. Veo que no tienes la culpa de la perversa conducta de los mayores, pero te aconsejo que trates de salir de esa casa lo antes posible, o vas a terminar muy mal.

—Gracias, Maestra. Le juro que no voy a desaprovechar esta oportunidad. No volveré a cometer otra torpeza.

—Te lo creo, Juan. Tienes la capacidad para salir adelante y sería una lástima que la desaprovecharas.

Al dejar la dirección, me hice el firme propósito de cumplir mi promesa. La vida me daba una segunda oportunidad para continuar estudiando.

—Mira, Francisco—, esto que te acabo de contar no es un episodio intrascendente; afortunadamente no tuvo mayores consecuencias. Pero lo que quiero es que te des cuenta de la falta de moral y de responsabilidad de aquellos malvados al embriagarme. Pude haber muerto de una congestión; pudieron haberme expulsado de la escuela y mi vida hubiera sido muy diferente. A ellos no les importaba mi bienestar.

En la Secundaria estudiaban también los hijos de un señor Gonzalo García, hombre respetado por todo el pueblo, no obstante ser dueño de varios antros en la zona de tolerancia de Cadereyta. Los muchachos se llamaban Gonzalo, Francisco, Matías y Manuela, y estaban al tanto de la penosa situación por la que yo pasaba. Les pedí su apoyo y con gusto aceptaron hablar con su mamá a ver si estaba de acuerdo en alojarme en su casa. Mi mejor referencia era mi padre, quien había trabajado con el señor Gonzalo en uno de sus negocios nocturnos; el mismo señor había estado en el sepelio de mi papá y me conocía.

—¡Juan, Juan! —Me dijo Manuela con mucha alegría una mañana al encontrarnos en la escuela—. Ya hablamos con mi mamá y dice que con mucho gusto te recibirá en la casa.

La esperanza y el alivio me inundaron el cuerpo y no sabía a quién agradecer aquel milagro. Al día siguiente en la tarde, al salir de la escuela, me presenté en la casa de la familia García para hablar con la señora. Ella estaba en cama con una pierna enyesada, pero me recibió muy amable. Con mucha timidez me acerqué:

—Buenas tardes, señora Oralia. Mi nombre es Juan; mi papá trabajó con el señor Gonzalo hasta antes de fallecer. No sé si usted sabe que al faltar mi padre quedé solo; mi madrastra ya está viviendo con otro señor. Vengo a pedirle que me dé trabajo en su casa, de lo que sea, barrer, trapear, lo que usted me mande. No me pague con dinero, sólo deme un espacio en su casa, un rinconcito donde dormir y tiempo para ir a la escuela. Quiero terminar la Secundaria, si ustedes me ayudan.

Ya entraba el invierno y hacía un frío tremendo; vi cómo a la señora Oralia, que tenía la tez muy blanca, se le formaban unas chapas rojas en cada mejilla. Se le nublaron los ojos y el llanto sincero fluyó libremente sin que ella hiciera nada por detenerlo, posiblemente conmovida por la emotiva petición. Permaneció llorando sin hablar durante un minuto, o dos, o cinco... no lo sé. Yo pensaba angustiado qué iba a hacer ahora.

De repente se secó los ojos con una mano y pronunció con voz clara y serena las palabras más hermosas que pude haber escuchado:

—Juan, puedes quedarte el tiempo que quieras. Yo hablo con mi esposo y estoy segura de que estará de acuerdo conmigo.

Al otro lado de la habitación se escucharon gritos de alegría. "Hurra", "Viva mi mamá Oralia". Eran los otros integrantes de la familia que festejaban el resultado de la entrevista. Bertha, Francisco, Gonzalo Jr. y Lulú, una pequeñita que me tomó mucho cariño, más que los demás, y Paquita, una niñita discapacitada que no se podía mover y duró postrada en su cama hasta el final de sus días.

Llegué con mis pocas pertenencias a esa casa donde me recibieron con mucho cariño y fui muy feliz. Sólo había traído mis libros, una muda de ropa porque no tenía más, mis uniformes escolares. No le dije nada a La Borrada; sólo quería salirme de ahí.

Los primeros meses fueron fabulosos. Ahora tenía un techo que me cobijaba y ya no tenía que buscar refugio en el monte. Había comida caliente en la mesa, para ocho hijos que devoraban todo lo que hubiera encima. Esperaba a que terminaran la comida, ayudaba en las actividades de la casa según lo que me mandaran hacer, y luego me iba a la segunda planta de la casa; ahí tenía el espacio para mí solo. Había libros por todas partes y me dediqué a darme el gusto de leer y clasificar los textos por materias: Ciencias Naturales, Español, Historia Universal que era y sigue siendo mi favorita; en esas lecturas nació mi pasión por conocer sobre las dos guerras mundiales. Era el paraíso en una habitación de una casa de un pueblo. Esa pasión no me ha abandonado nunca. Los libros me daban calor en aquel tiempo de frío intenso.

Como en todos los paraísos, la felicidad no duró mucho. Una tarde al llegar de la escuela, la señora Oralia me estaba esperando y lo primero que le escuché decirme fue:

—Juanito, me da mucha pena decirte esto, pero los negocios andan mal y ya no alcanza para mantenernos a todos. Tengo que pedirte que consigas trabajo y aportes al gasto, ¿entiendes? Puedes seguir viviendo con nosotros todo el tiempo que quieras, por eso no hay problema.

Me sentí aliviado de que no me hubieran expulsado del paraíso y respondí:

—Claro que sí, Doña Oralia. Lo haré con mucho gusto, y le agradezco bastante que me permita seguir viviendo con ustedes.

Así fue como me inicié en el mundo del trabajo, de niño estudiante a joven adolescente trabajador. Tenía ya 13 años, iba por las mañanas a la Secundaria, por las tardes ayudaba en un pequeño taller eléctrico, y por las noches, cuando me necesitaban, en una vulcanizadora a un lado del mismo taller. El pago era raquítico, pero significaba un poco de independencia económica al aportar a mis gastos sin tener que pedir ropa o zapatos prestados a los hijos de la familia, quienes empezaron a protestar por tener que compartir sus cosas conmigo.

Todavía conservo muy presente el recuerdo de mi primer sueldo recibido. Me fui a un restaurante cercano y compré para Doña Oralia una orden de tacos "doblados", valga la redundancia. Eran tortillas de harina rellenas de machacado con huevo. Se los llevé, los recibió con sorpresa, y no cabía yo en mi cuerpo del orgullo cuando gritó para que todos la oyeran:

—¡Ya ven, hijos ingratos! Esto es cariño y

agradecimiento, no chingaderas.

El comentario me ruborizó pues ella era una dama y no decía palabras altisonantes. En ese momento me sentí como hijo único de aquella hermosa señora.

Juan se quedó callado por unos pocos segundos, como respirando con dificultad, como si algo muy doloroso le oprimiera el pecho y le nublara los recuerdos. Yo respeté su estado de ánimo y me quedé esperando lo que fuera a suceder. Finalmente, tomó valor y siguió contando.

—Mira, Francisco —me dijo retomando el relato—. Éste es quizá el recuerdo más ingrato y doloroso que tengo de mi niñez, la cual acabó ese día. Era en la tarde y yo me encaminaba a la estación de gasolina para traer petróleo con el que tenía que limpiar unas piezas. Trataba de decidir si quitar una marcha o un transformador antes de salir del trabajo.

De repente, oigo a mis espaldas una voz apagada, casi sin fuerzas, que me llamaba:

—Juan, Juanito, mijo ¿No me reconoces?

Iba tan absorto en mis pensamientos que no escuché bien aquella voz, desconocida para mí. Volví a escuchar las mismas palabras al tiempo que sentía una mano muy delgada que tocaba mi hombro:

—Juanito, mijo. Soy tu mamá.

Un escalofrío me recorrió todo el cuerpo, como si hubiera sentido la muerte chiquita que venía por mí. Al voltear, veo frente a mí una mujer muy delgada, morena, con ojeras profundas y el cabello hasta el hombro pegado al cráneo. Era una visión terrible a la que en verdad no reconocí. Ella siguió insistiendo con su vocecita débil:

—Soy tu mamá, Juanito. ¿De veras no me recuerdas?

Difícilmente habría de recordarla así, de pronto, después de siete años de no saber de ella. Me había abandonado sin piedad, sin pensar en lo que sería de mí sin sus cuidados. Ahora, ella quería que la hiciera salir de mi memoria donde estaba enterrada, y la reconociera así, de repente. Empecé a verla detenidamente y todo se me nubló. En mi cerebro se iban formando apresuradamente las escenas vividas con ella desde el principio. Cuando me dejaba, cuando volvía por mí, cuando me arrumbaba de nuevo con extraños, cuando me había abandonado hacía ya muchos años, hasta el momento que estábamos viviendo. Con indiferencia hacia la desconocida que era, le dije:

—Madre, ¿qué haces aquí?

—Mijo, estoy sola ¡Ayúdame, por favor!

—Pero madre, ¿cómo te ayudo? No tengo dónde llevarte, vivo arrimado con una familia y no tengo dinero. Papá falleció y tuve que salirme de aquella casa donde me maltrataban. Ahora estoy con esta buena familia que me ha dado apoyo. ¡No tengo nada mío, madre! ¿Cómo crees que yo pueda ayudarte?

—Solamente quiero que me perdones, Juanito. Fui una madre muy mala, cometí muchos errores y por eso vine a buscarte para que me des el perdón y poder irme en paz.

No entendí sus últimas palabras. Un mocoso de trece años, con problemas para sobrevivir y ganarme la vida, no tenía yo mucha cabeza para solucionar ahora las dificultades de mi madre, o lo que quedaba de ella. Seguí mi camino con emociones encontradas, y Marina permaneció en la acera mientras yo me alejaba. No supe más de ella.

Atravesaba ya problemas en la casa y en la Secundaria; no tenía zapatos para ir a la escuela y tomé prestadas unas botas de Matías, uno de los hijos, creyendo que no se había dado cuenta. Pero el muchacho fue a desahogarse con la señora Oralia, y ella habló con su hijo. Al final, Matías vino a decirme:

—Ganaste. Mi madre te quiere más a ti que a mí.

Me sentí muy mal por el comentario, porque estaba seguro de que la señora vio la desigualdad entre los dos, y trató de hacer entrar en razón a Matías. Todos esos problemas me agobiaban; no veía con claridad qué rumbo podía tomar en mi vida, y luego la presencia de mi madre, que llegó como un soplo e igualmente se marchó.

Volví a la casa con una gran carga mental y emocional, y lo primero que enfrento al entrar es el reproche de la familia completa.

—¡Oye, Juan! ¡Tu mamá vino con tuberculosis! Tuvimos que tirar a la basura el vaso en que tomó agua.

Sentí una profunda humillación como si el apestado hubiera sido yo, y no se lo perdoné a mi madre en ese momento. Hasta que pasaron muchos años y me hice hombre, recordé cada episodio de mi vida, y la nostalgia me ganó e hice una oración por ella. Entonces me sentí liberado y en paz conmigo mismo.

La vida me fue marcando el rumbo a seguir. No tengo amigos; nunca tuve trato amoroso formal con mujeres por mi experiencia con ellas; mis amigos son los libros y mis compañeros los perros; he tenido tres en toda mi vida, se murió el primero y traje a vivir al segundo que también se murió, y hace diez años me acompaña Jimbo, un perrillo callejero que me prodiga el amor y fidelidad que tanto anhelé de niño.

—Y por eso, Benítez, nunca llevo serenatas el Día de las Madres.

EPÍLOGO

Empezaba a clarear con los primeros rayos del sol del día sábado. Habían sido unas horas de una montaña rusa de emociones, tanto del relator como del oidor. Pagué la cuenta, nos despedimos en la puerta de la fonda con un apretón de manos y cada quién tomó su rumbo. Cuando el lunes volvimos a encontrarnos en el trabajo, parecía que nada hubiera sucedido. Seguimos siendo compañeros que se respetaban y colaboraban en las cuadrillas y nada más; no volvimos a mencionar el tema. A los pocos meses Juan Antonio Morales, Juanito, fue transferido a otro Centro de Salud. No he vuelto a verlo.

CONTENIDO

CAPÍTULOS

Made in the USA
Columbia, SC
25 September 2022

67610396R00088